HARALD JACOBSEN
Reuter ermittelt an der Ostsee

MORDS-OSTSEE Hauptkommissar Frank Reuter hat alle Hände voll zu tun. 30 Fälle warten auf ihn, die sich entlang der Ostsee – zwischen der deutsch-dänischen Grenze und Lübeck – ereignet haben. In Timmendorfer Strand muss er den Tod eines Beach Boys lösen, in Maasholm bekriegen sich Fischer untereinander. Sogar auf Fehmarn sind seine Fähigkeiten als Ermittler gefragt, da am Flügger Strand eine Party aus dem Ruder gelaufen ist. Reuter nimmt sich den Fällen an, damit die Ostsee wieder ein Stück sicherer wird und sich die Kriminalakten auf seinem Schreibtisch nicht mehr ganz so hoch stapeln.

© Agentur StudioLine

Harald Jacobsen wurde 1960 in Nordfriesland geboren. Seit seiner Jugend faszinieren ihn spannende Romane. Nach verschiedenen beruflichen Stationen durchlief er eine Ausbildung im kreativen Schreiben und veröffentlicht seit 2006 Kriminalromane, überwiegend mit regionalem Bezug. Seine Hauptfigur Frank Reuter blieb ihm treu und darf nach seinem Abschied vom LKA Kiel aktuell Ermittlungen mit grenzübergreifenden Fällen in Flensburg übernehmen. Mit dem dort ebenfalls ermittelnden Privatdetektiv Henrik Bargen verbindet Reuter mehr als nur eine berufliche Freundschaft. Seine Ideen entwickelt der Autor in idyllischer Umgebung am Rande des Naturparks Aukrug, wo er zusammen mit Ehefrau und zwei Katern lebt.

Bisherige Veröffentlichungen im Gmeiner-Verlag:
Kuttertod (2019)
Fördelüge (2019)
Fördekartell (2018)
Kielbruch (2014)
Mordsregatta (2013)

HARALD JACOBSEN
Reuter ermittelt an der Ostsee
30 Rätsel-Krimis

Personen und Handlung sind frei erfunden.
Ähnlichkeiten mit lebenden oder toten Personen
sind rein zufällig und nicht beabsichtigt.

Die automatisierte Analyse des Werkes, um daraus
Informationen insbesondere über Muster, Trends und
Korrelationen gemäß § 44b UrhG (»Text und Data Mining«)
zu gewinnen, ist untersagt.

Bei Fragen zur Produktsicherheit gemäß der Verordnung
über die allgemeine Produktsicherheit (GPSR) wenden Sie
sich bitte an den Verlag.

Gefällt mir!

Facebook: @Gmeiner.Verlag
Instagram: @gmeinerverlag
Twitter: @GmeinerVerlag

Besuchen Sie uns im Internet:
www.gmeiner-verlag.de

© 2015 – Gmeiner-Verlag GmbH
Im Ehnried 5, 88605 Meßkirch
Telefon 07575/2095-0
info@gmeiner-verlag.de
Alle Rechte vorbehalten

Lektorat: Sven Lang
Herstellung: Mirjam Hecht
Umschlaggestaltung: U.O.R.G. Lutz Eberle, Stuttgart unter
Verwendung eines Fotos von: © verdateo / Fotolia.com
Druck: Libri Plureos GmbH, Friedensallee 273,
22763 Hamburg
Printed in Germany
ISBN 978-3-8392-1658-3

1. Rätsel-Krimi

ZUR FALSCHEN ZEIT
AM FALSCHEN ORT IN FLENSBURG

So fühlte Frank Reuter sich, während er an Bord des Salondampfers den Vernehmungen lauschte. Er hatte seine Tochter zum alljährlichen ›Dampfrundum‹ nach Flensburg eingeladen. Jasmin war anfangs eher skeptisch gewesen, doch sehr schnell nahm sie die tolle Atmosphäre an und auf der Förde gefangen. Dann auf einmal drehte der Raddampfer bei und Frank verfolgte überrascht, wie ein Polizeiboot längsseits ging. Zuerst dachte er an einen weniger spektakulären Zwischenfall, bis er Hauptkommissarin Martenson entdeckte. Die Kollegin reagierte verblüfft auf seine Anwesenheit, bevor sie Frank in die Ermittlungen einweihte.

»Ein gewisser Arthur Häfner wurde schwer verletzt. Jemand hat ihn mit einem Messer angegriffen und mehrfach zugestochen«, erklärte sie. Häfner war der Inhaber eine bekannten Designfirma, die Industrieprodukten neben ihrem praktischen Wert noch eine künstlerische Note verpasste. Zusammen mit seiner Belegschaft befand der Unternehmer sich an Bord, um den Zusammenhalt zu festigen.

Die Gäste des Salondampfers hatten sich gerade noch über die Anwesenheit der Polizei gewundert, als ein Rettungshubschrauber über ihnen kreiste und kurz darauf den schwer verletzten Häfner auf einer Trage nach oben zog und dann sofort den Flug zur Universitäts-Klinik nach Kiel antrat. »Wir vernehmen die Mitarbeiter hier, um den Schock auszunutzen. Du kannst gerne zuhören und mir sagen, falls dir etwas auffällt«, bot Martenson ihrem Kollegen vom LKA Kiel an.

Seitdem schlenderte Frank Reuter von einer Vernehmung zur nächsten, lauschte und versuchte sich bei der Suche nach dem Täter auf sein Bauchgefühl zu verlassen. Seine Tochter hatte offenbar Anschluss gefunden, Jasmin war in ein angereg-

1. Rätsel-Krimi

tes Gespräch mit einer der Auszubildenden des Designers vertieft. Frank trat zu einem Hünen mit Glatzkopf, der ihn an seinen Freund Holly erinnerte. Der Oberkommissar lehnte sich gerade zufrieden zurück und hörte einer rothaarigen Frau mit einem gewaltigen Busen sowie funkelnden, grünen Augen zu.

»Arthur ist ein Despot, aber fair. Wenn er jemanden den Auftrag entzog, dann zu Recht. Himmel, was glaubt dieses Küken eigentlich«, wetterte sie. Als Frank ihrem Blick folgte, fiel er auf eine zierliche Blondine. Sie wurde soeben von Helga Thoms, einer weiteren Mitarbeiterin von Hauptkommissarin Martenson befragt.

Nach einem weiteren Redeschwall ging Frank weiter und blieb neben Thoms stehen, um den Ausführungen der Blondine zuzuhören. Sie hatte gerötete Augen und zerknüllte ein Taschentuch in ihrer Linken. Die Finger ihrer rechten Hand spielten mit der Schnalle ihrer moosgrünen Jacke, die auf ihrem Schoß lag.

»Ja, er hat mir den Auftrag entzogen. Dabei hatte ich mir dafür die ganzen teuren Geräte angeschafft. Jetzt habe ich große Schulden und muss dringend einen neuen Auftrag finden. Deswegen steche ich aber niemanden einfach ab«, räumte Elke Harbeck ein. Ihr flehender Blick schaffte es nicht, die Oberkommissarin länger zu fixieren. Harbeck senkte den Kopf. Helga Thoms notierte sich die Aussage.

Frank setzte seinen Weg fort und winkte Jasmin im Vorbeigehen zu. Seine Tochter löste sich aus der Unterhaltung und hielt ihn auf. »Dieser Arthur war kein guter Chef. Er hat doch tatsächlich versucht, bei der Franziska zu landen. Immer wieder hat er sie angefasst und wollte sie sogar auf seine Segeljacht einladen. Der Typ ist doch mindestens so alt wie du«, empörte Jasmin sich. Sie schüttelte sich vor Ekel und beschrieb dann, wie souverän die junge Auszubildende ihrem Chef entgegengetreten war.

»Danach war Schluss. Die Franzi weiß sich zu wehren. Wenn mich einmal so ein alter Kerl anpacken will, zerkratze ich ihm

1. Rätsel-Krimi

sein Gesicht«, schwor Jasmin. Anschließend kehrte sie zu ihrer neuen Freundin zurück, sodass Frank Reuter seinen Weg fortsetzen konnte. Er gesellte sich zu Kommissar Fechner, der einen der beiden männlichen Angestellten befragte.

»Häfner konnte wirklich ein Arsch sein. Er hat regelmäßig Ideen seiner Mitarbeiter als die eigenen ausgegeben und dafür sogar Preise eingeheimst«, erzählte Rüdiger Kornberg. Er war der älteste aller Kollegen, die ausnahmslos als freiberufliche Designer arbeiteten. Nur die Sekretärin von Häfner bezog ein festes Gehalt als Angestellte.

»Zuletzt traf es Sie, nicht wahr?«, fragte Fechner. Sein forschender Blick heftete am geröteten Gesicht Kornbergs. Der presste seine Handflächen so heftig auf die Tischplatte, dass die Knöchel weiß hervorstachen. »Ja, verflucht! Deswegen schlage ich dem Schwein doch nicht den Schädel ein«, gab er zu. Rüdiger Kornberg war ein Mensch, der seinen Jähzorn nur schwer unter Kontrolle halten konnte.

Während Kommissar Fechner sich die jüngsten Vorkommnisse ausführlich schildern ließ, wandte Reuter sich um. Er setzte bereits einen Fuß auf die Treppe, die ihn zurück aufs Oberdeck führen sollte, als er die Schnalle bemerkte. Sie lag unter der ersten Stufe und wäre ihm kaum aufgefallen, wenn sich nicht just in diesem Augenblick ein Sonnenstrahl im Messing gespiegelt hätte. Frank bückte sich und wickelte die Schnalle vorsichtig in ein Taschentuch. Er kehrte zurück zu Fechner und übergab sie dem Kommissar. Anschließend verließ er den Raum. Frank ging hinüber zum Bug, wo Hauptkommissarin Martenson sich mittlerweile mit Andrea Ohm unterhielt. Die Sekretärin von Arthur Häfner wirkte äußerlich gefasst. Lediglich ein Streifen gelöster Schminke unter dem rechten Auge verriet Frank, dass sie vor kurzer Zeit geweint hatte. In den braunen Haaren blitzte es bereits an vielen Stellen im Sonnenlicht grau auf. Andrea Ohm hatte vermutlich nur noch wenige Jahre, bevor sie aus dem Arbeitsleben ausscheiden würde.

1. Rätsel-Krimi

»Seit 22 Jahren arbeite ich für Häfner. Er ist kein leichter Chef, aber ein fähiger Unternehmer«, sagte sie gerade. Ohm schilderte den Designer als sprunghaften Charakter, der öfter zu Überreaktionen neigte.

Martenson führte das Gespräch geschickt auf eine finanzielle Schieflage der Firma, da es offenbar seit über sechs Monaten keine Zahlungen an die Sozialkassen mehr gegeben hatte.

»Solche Engpässe gab es immer wieder. Kein Grund, sich übermäßige Sorgen zu machen«, wehrte Ohm ab.

»Ach, nein? Dieses Mal scheint es aber doch schlimmer zu sein. Die Krankenkasse strebt bereits eine Zwangsinsolvenz an, und dann wären Sie arbeitslos. Es träfe Sie am härtesten, oder?«, hakte die Hauptkommissarin nach.

Frau Ohm seufzte schwer und rang sichtlich mit sich. »Ja, schon. Aber das wäre nicht passiert, Frau Martenson. Arthur hat noch genügend Geld. Er sieht nur nicht ein, warum er alle diese – in seinen Augen – überflüssigen Sozialabgaben leisten soll«, gestand sie.

Erst als Sonja Martenson die Sekretärin auf eine Zeugenaussage aufmerksam machte, erkannte Frank, in welche Richtung die Vernehmung sich bewegte.

»Sie hatten kurz vor dem Angriff auf Herrn Häfner einen heftigen Streit mit ihm. Ging es dabei um das Geld und die drohende Insolvenz?«, fragte die Hauptkommissarin und belehrte Andrea Ohm über die Folgen einer möglichen Falschaussage.

»Nein«, erwiderte sie und fuhr gleich fort. »Arthur wollte Manfred Vogler keine neuen Aufträge geben, nur weil er zwischendurch für die Konkurrenz gearbeitet hat. Wie hätte Vogler denn sonst über die Runden kommen sollen? Er hat eine kranke Frau und drei halbwüchsige Kinder, die auf sein Einkommen angewiesen sind. Darüber haben wir uns gestritten!«

Das war Franks Stichwort, sich der Vernehmung des noch verbleibenden Mitarbeiters von Arthur Häfner zuzuwenden. Ihn befragte mittlerweile Bastian Kraft, ein Hüne mit blank polierter Glatze. Gerade als Frank zu ihnen trat, dröhnten mehrere Dampfhörner. Ihre Blicke gingen automatisch hinüber zur Ziellinie, wo aus den Schornsteinen der dampfgetriebenen Schiffe dichter Rauch quoll. Der Salondampfer hatte dieses Jahr nicht mit um das blaue Band kämpfen können. Der heimtückische Angriff auf Arthur Häfner hatte sie zum vorzeitigen Ausstieg aus der Wettfahrt gezwungen.

»Sie wollten ihn also heute zur Rede stellen?«, wiederholte der Oberkommissar seine Frage, die in dem Lärm untergegangen war. Auf seiner Glatze glitzerten Schweißperlen.

»Er konnte echt widerlich sein. Arthur kennt meine familiäre Situation und genoss es, mir zuzusetzen. Er wollte mich erniedrigen. So etwas gefiel ihm«, stieß Vogler hervor. Sein Blick ging ins Leere. Vermutlich erinnerten die Fragen ihn an unschöne Szenen.

»Ihre Auseinandersetzung wurde handgreiflich. Haben Sie die Nerven verloren?«, bohrte Kraft weiter.

»Häfner hat sich abfällig über die Krankheit meiner Frau geäußert. Es war das Wort zu viel und deswegen habe ich ihm ins Gesicht geschlagen. Einmal! Nicht mehr! Und davon stirbt kein Mensch«, gab Vogler zu und beschrieb einen kurzen, nicht allzu heftigen Kampf.

Als Frank hörte, wie der wütende Designer anschließend ans Oberdeck gestürmt und dabei mit Elke Harbeck zusammengestoßen war, wusste er genug. Die Vernehmungen vermittelten Reuter das Bild, um sich den Ablauf des Angriffs vor Augen zu führen. Er ging zurück zu Hauptkommissarin Martenson, die soeben das Gespräch mit der Sekretärin beendet hatte. Sie schaute ihn erwartungsvoll an.

»Ich weiß jetzt, was unten passiert ist und wer Häfner das Messer in den Leib gerammt hat«, erklärte Reuter. Ein winziges Detail hatte den Angreifer verraten.

Wissen Sie, welches es war?

Lösung: 1. Rätsel-Krimi

Elke Harbeck verrät sich durch ihr Wissen über den Tathergang, da sie als Einzige von einer Messerattacke spricht. Häfner hatte sie durch den Entzug des Auftrages in eine wirtschaftliche Notlage gebracht und lehnte jedes Einlenken ab, sodass Harbeck die Nerven verlor und zustach.

2. Rätsel-Krimi

FLENSBURGER LEICHE AUF REISEN

Er stand auf dem kleinen Balkon und schaute hinunter auf die Boote. Es wohnte sich schön in Flensburg Sonwik, so unmittelbar am Wasser. Jedes Appartement hatte einen privaten Liegeplatz für ein Segelboot oder eine Motorjacht. Hauptkommissar Reuter wunderte es nicht, dass sich Einbrecherbanden von dieser exklusiven Umgebung angelockt fühlten.

»Sie glauben den Aussagen also?«, fragte er Kommissar Fechner von der Kripo Flensburg.

»Allerdings. Die Angaben wurden unabhängig voneinander gemacht und mir leuchtet nicht ein, welchen Vorteil die Einbrecher bei einer Lüge erwarten sollten«, antwortete Fechner.

Im Grunde teilte Reuter die Einschätzung seines Flensburger Kollegen. Auf der anderen Seite war es dem Ermittler vom LKA aus Kiel in seiner Laufbahn noch nicht untergekommen, dass eine Leiche aufgestanden und vom Tatort verschwunden war. Die jungen Einbrecher berichteten von einer toten Frau, die sie in dem Appartement gefunden haben wollten.

»Trotzdem erscheint es mir erstaunlich, dass bereits beim Eintreffen der Streife keine entsprechenden Hinweise mehr zu entdecken waren«, stellte Reuter fest.

Kommissar Fechner hatte zwei uniformierte Kollegen mit der Überprüfung des angeblichen Leichenfundes beauftragt. Die Eigentümer des Appartements befanden sich zurzeit auf einem Segeltörn auf der Ostsee und konnten nur über Funk erreicht werden. Der Hausmeister öffnete die Wohnungstür mit einem Zweitschlüssel, damit die Beamten sich umsehen konnten. Sie fanden keine Anzeichen eines Kampfes, weder Blutspuren noch den Leichnam einer jungen Frau. Als Fechner die Einbrecher damit konfrontierte, fielen sie aus allen Wolken und blieben beharrlich bei ihrer Aussage. Der Flensburger Ermittler bat daher um Unterstützung des LKA, die ihm in Person des Hauptkommissars Reuter zur Seite gestellt worden war.

»Die Überprüfung der Eigentümer hat keine Hinweise ergeben, dass irgendwelche Ungereimtheiten vorliegen?«, fragte der seinen Kollegen.

Kommissar Fechner streckte Reuter eine dünne Mappe hin, in der er alle bislang zusammengetragenen Informationen zu Helene und Robert Fleischer gesammelt hatte. Sie waren beide als Immobilienmakler tätig und nutzten das Appartement lediglich sporadisch. Normalerweise lebten sie in Berlin und Hamburg, wo sie ihre Büros unterhielten. Es gab keine Vorstrafen und die finanzielle Situation der gemeinsamen Firma war ausgezeichnet. Ein Streifenboot der Bundespolizei hatte das Segelboot mit dem Ehepaar angesteuert. Die Kollegen befragten Helene und Robert Fleischer.

»Sie haben dem Ehepaar sicherlich die Phantomzeichnung gezeigt. Wie waren die Reaktionen darauf?«, fragte Reuter.

Fechner hatte der Bundespolizei die nach den Angaben der Einbrecher angefertigte Skizze zugeschickt, damit die Beamten auf den Streifenboot es dem Ehepaar vorlegen konnten.

Während er auf Fechners Antwort wartete, studierte er die Zeichnung. Sie zeigte eine ausgesprochen hübsche Blondine, von etwa Mitte 20. Ihre kleine Nase war von Sommersprossen bedeckt. Auf der Zeichnung wirkte sie fröhlich.

»Beide schwören, diese Frau niemals gesehen zu haben«, erwiderte der Kommissar.

Hauptkommissar Reuter war erst vor zehn Minuten in Sonwik eingetroffen, weshalb er sich auf dem Balkon in den Stand der Ermittlungen einweisen ließ. Die Septembersonne strahlte von einem blauen Himmel auf ihn nieder, der nur von einigen Schleierwolken bedeckt war. Von den Bootsstegen erklangen laute Stimmen und irgendwo summte ein Staubsauger. Die Atmosphäre wirkte entspannt und schien allein dadurch die

2. Rätsel-Krimi

Aussagen der Einbrecher zu widerlegen. Nachdenklich rieb Reuter sich über den Nasenrücken. Schließlich fasste er einen Entschluss und wandte sich um. Im weitläufigen Wohnzimmer saß Frau Fleischer in einem Sessel und nippte an einem Longdrink. Sie trug immer noch die Kleidung, mit der sie auf dem Segelboot unterwegs gewesen war. Weiße Jeans, einen blau-weiß geringelten Pullover mit rundem Halsausschnitt. Ihre kleinen Füße steckten in weichen Slippers aus weißem Leinenstoff. Sie hob den Blick und schaute Reuter fragend aus flaschengrünen Augen an, die perfekt zu dem brünetten Pagenschnitt passten.

»Ich möchte mir gerne Ihr Boot ansehen. Würden Sie es mir zeigen?«, fragte er.

Für einen kurzen Augenblick umwölkte sich der Blick von Frau Fleischer, doch dann erwiderte sie das Lächeln des Ermittlers. Reuter registrierte, wie empfänglich sie für die Aufmerksamkeit eines Mannes war. Robert Fleischer lehnte lässig gegen den Tresen der offenen Küche und sprach leise in sein Handy. Seine Frau warf ihm einen kurzen Seitenblick zu, bevor sie sich erhob und nach der Sonnenbrille auf dem Couchtisch griff. Sie schob sie sich ins Haar und ging dann zur Tür. Reuter und Fechner folgten der zierlichen Frau, die sie zu einem Segelboot von gut zwölf Metern Länge führte.

»Bitte, das ist unser Boot«, sagte sie.

Die beiden Ermittler gingen an Bord. Reuter kannte sich mit Booten gut aus, da seine Exfrau eine begeisterte Seglerin war. Er schaute sich im Cockpit und im Salon sowie in den beiden Schlafkammern um. In der Eckbank entdeckte er eine Umhängetasche, an deren Reißverschluss ein Anhänger mit dem Wappen von Bremen festgemacht war. Reuter warf einen Blick auf den Inhalt der Tasche, in der sich eine leichte Sommerbluse sowie ein Bikinioberteil befanden. Die mit orangenen Blüten bedruckte Bluse trug das Etikett einer Nobelmarke, auf dem der Hauptkommissar die Konfektionsgröße 44 ablas. In der

2. Rätsel-Krimi

Tasche war jedoch keine Brieftasche zu finden, lediglich ein Brillenetui mit einer Gleitsichtbrille. Reuter nahm die Tasche mit an Deck und hob sie hoch.

»Ist das Ihre Tasche, Frau Fleischer?«, fragte er.

Sie kniff die Lider zusammen, da ihr die tief stehende Sonne ins Gesicht schien. Frau Fleischer nahm die Sonnenbrille aus dem Haar und setzte sie auf, nur um sie gleich darauf mit einer irritierten Geste zurück ins Haar zu schieben. Dann nickte sie zustimmend.

»Ja, natürlich. Ich muss sie in der Aufregung vorhin völlig vergessen haben«, antwortete Helene Fleischer.

Reuter nickte knapp und wandte sich dann an seinen Flensburger Kollegen.

»Sie sollten die Kriminaltechniker auf das Boot schicken. Es könnte interessant sein, welche Fingerabdrücke dort zu finden sind«, raunte er ihm zu.

Kommissar Fechner wirkte überrascht, kam der Empfehlung seines Kollegen jedoch unverzüglich nach. Hauptkommissar Reuter ging unterdessen mit Frau Fleischer zurück ins Appartement. Dort trafen sie auf Robert Fleischer, der sein Telefonat beendet hatte und mit einem Glas Whisky in der Hand auf der Couch saß.

»Trägt einer von Ihnen normalerweise eine Sehhilfe oder Kontaktlinsen?«, fragte Reuter.

Beide verneinten es sofort.

»Unterhalten Sie private oder geschäftliche Beziehungen in Bremen?«, fragte Reuter weiter.

Mittlerweile war auch Kommissar Fechner wieder eingetroffen und verfolgte die Befragung mit wachsender Neugier. Helene und Robert Fleischer tauschten einen Seitenblick aus.

»Wir haben auch Kunden in Bremen. Warum interessiert Sie das alles, Herr Reuter? Das hat doch nichts mit der angeblichen Frauenleiche zu tun«, antwortete der Immobilienmakler.

»Ich denke doch. Eine der Kunden ist vermutlich weiblich und wollte nicht auf das vorgeschlagene Geschäft eingehen. Jedenfalls befand sich eine weitere Frau auf Ihrem Boot, obwohl Sie doch angeblich allein auf dem Segeltörn waren. Die Kollegen der Spurensicherung werden entsprechende Spuren finden und die führen uns dann sicherlich zu der Leiche, die Sie vermutlich in der Ostsee entsorgt haben«, erklärte Frank Reuter.

Helene Fleischer erbleichte, während sich das Gesicht ihres Ehemanns rötlich verfärbte. Kommissar Fechner verfolgte die jähe Veränderung der Befragung mit Staunen.

»Woher wollen Sie denn wissen, dass eine andere Frau mit uns an Bord gewesen ist?«, fragte Helene Fleischer mit leiser Stimme.

»Oh, nicht nur an Bord. Die Frau war vorher auch in diesem Appartement«, erwiderte Reuter.

Was hat Hauptkommissar Reuter auf die richtige Spur gebracht?

Frau Fleischer ist eine zierliche Person, die über gesunde Augen verfügt. In der Tasche mit dem Anhänger aus Bremen befanden sich jedoch eine Bluse für eine weitaus kräftigere Frau sowie das Etui mit der Gleitsichtbrille. Reuter war zudem aufgefallen, dass die Sonnenbrille ebenfalls über speziell geschliffene Gläser verfügte. Frau Fleischer konnte damit nichts erkennen und doch lag die Brille zuvor auf dem Couchtisch.

Lösung: 2. Rätsel-Krimi

3. Rätsel-Krimi

STREIT AN DER SCHLEI IN EXHÖFT

Von der Ortschaft Exhöft aus hatten sich die Schüler in Gruppen aufgeteilt. Während ein Teil zu Fuß den Weg durch das Naturerlebniszentrum Oehe-Schleimünde angetreten hatte, wählten ihre Mitschüler entweder das Fahrrad oder die Skater als Fortbewegungsmittel. Es sollte der Auftakt in das nächste Schuljahr werden.

»Die Klassenlehrerin ist zugleich für das Fach Biologie zuständig und wollte mit diesem Ausflug den Zusammenhalt in der Klasse stärken«, erklärte Polizeiobermeister Dirk Hansen.

Der Ansatz war vermutlich gut gedacht gewesen, doch das Ergebnis sah völlig anders aus. Zwei Schüler lagen mit Verletzungen im Krankenhaus, aufgebrachte Eltern verlangten nach Erklärungen und sogar erste Medienvertreter waren auf dem Besucherparkplatz in Exhöft aufgetaucht. Hansen hatte daher Unterstützung vom LKA aus Kiel angefordert, weshalb Frank Reuter jetzt neben seinem Kollegen auf dem Parkplatz stand.

»Das klingt so, als wenn es in der Klasse einige Probleme gibt«, erwiderte der Hauptkommissar.

Obermeister Hansen hatte bereits Silke Rambow vernommen und erste Eindrücke sammeln können. Die Lehrerin stand zwar unter Schock, aber sie wollte unbedingt bei der Aufklärung behilflich sein.

»Der Ausflug wurde durch den Rektor der Schule nur unter Auflagen genehmigt. Eine davon war, dass zwei weitere Aufsichtspersonen dabei sein sollten«, erklärte Reuters Kollege.

Dabei handelte es sich um einen jungen Referendar sowie eine Teilzeitkraft, die normalerweise in den Nachmittagsstunden an der Schule die Aufsicht über die Schüler während der Hausaufgaben übernahm.

»Beide schweigen sich über den Ablauf aus. Die Angaben decken sich zwar, aber ich kann daraus keine Rückschlüsse auf

3. Rätsel-Krimi

den Auslöser der Auseinandersetzungen ziehen«, beschwerte sich Dirk Hansen.

Bislang wusste er nur, dass die Gruppe der Schüler mit den Fahrrädern zuletzt den Parkplatz verlassen hatte. Nach gut einem Kilometer war sie auf die andere Gruppe getroffen, die auf Inlineskatern unterwegs war. Dann waren nach Aussage der Betreuer erste verbale Provokationen ausgetauscht worden, bevor es in körperlicher Gewalt ausartete. Sowohl der Referendar als auch die Teilzeitkraft schilderten die Abläufe exakt gleich, ohne auf Details eingehen zu können oder wollen. Frank Reuter verstand den Unmut seines Kollegen und nahm sich vor, die beiden Aufsichtspersonen nicht so leicht davonkommen zu lassen. Obermeister Hansen hatte sie getrennt, indem er den Referendar in einen Bully und Nadine Mahler in einen anderen Streifenwagen gesetzt hatte. Mittlerweile waren erste Ergebnisse der Kriminaltechniker auf das Handy von Hansen geschickt worden. Gemeinsam schauten die Ermittler auf die Bilder, die von beiden Opfern beim Eintreffen in der Klinik angefertigt worden waren. Die Kleidung war extrem blutverschmiert und ließ so kaum erkennen, welche Verletzungen vorlagen.

»Ich möchte zuerst mit der Klassenlehrerin sprechen«, teilte Reuter seinen Entschluss mit.

Fünf Minuten später setzte sich Silke Rambow auf den Beifahrersitz von Reuters Passat. Er musterte die Frau von Mitte 30, die ihre dunkelblonden Haare zu einem Pferdeschwanz zurückgebunden hatte. Ihr Gesicht war trotz der hohen Temperaturen wachsbleich und die blauen Augen dunkel. Der Zwischenfall hatte die Pädagogin schwer getroffen.

»Können Sie mir schildern, welche Probleme es in der Klasse gibt?«, bat Reuter.

Rambow seufzte schwer und suchte nach den passenden Worten. Dann erzählte sie von verschiedenen Vorfällen, die zu immer heftigeren Auseinandersetzungen unter den Schülern geführt hatten. Ein Junge mit dunkler Hautfarbe sah sich rassistischen Angriffen ausgesetzt und hatte daraufhin einen Mitschüler mit einem Springmesser angegriffen. Dann tauchten im Netzwerk der Schule auf einmal Filme auf, die eine Schülerin beim Sex mit einem älteren Mann zeigten. Trotz intensiver Bemühungen gelang es nicht, den Verursacher der Schmutzkampagne ausfindig zu machen.

»Das sind Teenager, die mit sich selbst kaum klarkommen. In einigen Familien fehlt auch der nötige Rückhalt, damit die jungen Menschen diese schwierige Periode in ihrem Leben besser meistern. Dieser Film war eine üble Fälschung und hat Celia aus der Bahn geworfen«, erklärte Silke Rambow.

Es war ihr anzuhören, wie sehr ihr die Schüler am Herzen lagen und wie groß das Verständnis für die Nöte von ihnen war. Unmittelbar zum Ende des letzten Schuljahres hatte es ein Referendar nicht mehr ausgehalten und um seine Versetzung gebeten.

»Hauke Lassen ist zu sensibel, um auf Schüler in dem Alter angemessen reagieren zu können. Eine Weile hat er sich um Celia besonders gekümmert und es schien zu helfen«, berichtete Rambow.

Doch dann kursierten auf einmal Gerüchte an der Schule, dass zwischen dem Referendar und der minderjährigen Schülerin ein sexuelles Verhältnis existieren sollte. Hauke Lassen reagierte entsetzt und schwor jeden Eid, dass er sich Celia Sönnichsen niemals unsittlich genähert hatte. Keiner der Kollegen oder der Rektor hegten den geringsten Zweifel an seiner Aufrichtigkeit, aber die Schüler ließen Lassen seitdem auflaufen.

»Können Sie sich den heutigen Zwischenfall erklären? Sehen Sie einen Zusammenhang mit den früheren Vorfällen?«, fragte Reuter.

Die Pädagogin räumte ein, völlig überfragt zu sein. Sie war zu Fuß mit der ersten Gruppe ihrer Schüler weit vor den anderen aufgebrochen. Erst der Anruf des Referendars hatte sie auf die schwere Auseinandersetzung aufmerksam gemacht.

3. Rätsel-Krimi

»Als ich endlich dort eintraf, war es bereits zu spät«, entschuldigte sich Silke Rambow.

Der Hauptkommissar dankte ihr und ging anschließend zu dem Bully, in dem Volker Dietzen saß. Er wirkte sehr verschlossen und sein Bericht über den Vorfall hörte sich viel zu neutral an. Reuter verstand sofort, warum Obermeister Hansen dem angehenden Pädagogen nicht traute.

»Leonie hat also den Streit vom Zaun gebrochen, richtig?«, fragte Reuter.

Dietzen nickte.

»Sie suchte sich ausgerechnet Celia Sönnichsen für den Angriff aus, was Sie nicht zum Einschreiten bewegte. Warum nicht? Sie kannten doch die Vorgeschichte«, bohrte Reuter weiter.

»Die kleine Prinzessin und ihr Prinz, aber nein. Das war ja in Wahrheit eher der alte König, den sie ranließ«, höhnte Leonie.

Alle Anwesenden wussten sofort, auf wen die Anspielung gemünzt war. Einige Schüler stimmten in die Schmähgesänge ein, während Celias Freunde zu ihr hielten. Aus leichten Stößen wurden auf einmal handfeste Prügel. Dietzen war davon überrascht worden, sodass er die handgreiflichen Auseinandersetzungen nicht rechtzeitig unterbinden konnte.

»Wie hat Frau Gosch reagiert?«

Als der Hauptkommissar sich nach dem Verhalten der Teilzeitkraft erkundigte, wurde Volker Dietzen endlich auskunftsfreudiger. »Pia hat früher die Gefahr erkannt. Sie war mitten im Getümmel, ohne viel ausrichten zu können. Ich sah nur etwas in der Sonne aufblitzen und dann lag Celia auch schon am Boden. Pia ging in die Hocke, um ihr zu helfen. Als ich bei den beiden ankam, schrie Leonie auf einmal auf und sackte in sich zusammen. Das war das völlige Chaos«, erklärte er.

Sosehr Reuter sich auch bemühte, die Schilderungen waren zu lückenhaft, um den Ablauf vernünftig zu rekonstruieren. Er stieg aus dem Bully und ging hinüber zum zweiten Streifenwagen. Dort setzte er sich auf den Beifahrersitz und drehte sich um, sodass er Pia Gosch ansehen konnte. Das schmale Gesicht der zierlichen Brünetten war zu einer Maske erstarrt. Ihre Hände lagen in ihrem Schoß und umschlossen einander so fest, dass der Hauptkommissar ihre weißen Knöchel bemerkte.

»Hauptkommissar Reuter vom LKA. Erzählen Sie mir bitte möglichst genau, was auf dem Weg passiert ist«, forderte er sie auf.

Pia Gosch war schnell mit ihrer Schilderung durch, die sich nur unwesentlich von der des Referendars unterschied.

»Es spricht für Sie, dass Sie sich sofort um Celia gekümmert haben. Das arme Mädchen war ja völlig hilflos«, lobte Reuter sie.

In den braunen Augen schimmerte Widerspruch, doch Frau Gosch erwähnte ihn nicht.

»Konnten Sie erkennen, wie Leonie verletzt wurde?«, fragte Reuter weiter.

Beide Mädchen hatten Stichverletzungen, die nach Aussage des behandelnden Arztes von einem Messer mit schmaler Klinge verursacht worden waren.

»Nein, ich sah nur das viele Blut und dachte mir, dass bei drei Einstichen vermutlich ein Organ getroffen worden war«, antwortete Gosch.

»Fanden Sie das zögerliche Verhalten von Herrn Dietzen nicht schlimm?«, wollte Reuter wissen.

»Er wurde doch völlig überrumpelt. Außerdem hat ihn Leonies Vorwurf sicherlich schwer getroffen. Er und ein Verhältnis mit Celia. Was für ein Unfug!«, widersprach sie vehement.

Zehn Minuten später sprach der Hauptkommissar nochmals mit Silke Rambow. Er wollte den Namen des Schülers erfahren, dem sie vor einigen Wochen das Messer abgenommen hatte.

»Ayhan? Der war heute nicht dabei. Er hat sich einen Knöchelbruch beim Fußball zugezogen. Sein Messer hat Pia Gosch an sich genommen, und soweit ich weiß, dem Rektor übergeben«, antwortete die Lehrerin.

Frank Reuter dankte ihr und bat Obermeister Hansen zu sich, um mit ihm über seine Annahmen zu sprechen. Es war alles noch sehr vage, doch langsam kristallisierte sich ein Bild für den Hauptkommissar heraus. Er rief in der Klinik an und wollte von dem behandelnden Arzt wissen, ob er mehr über die Verletzung der beiden Mädchen sagen konnte. Frank Reuter gab die Auskünfte anschließend sofort an Obermeister Hansen weiter.

»An den Händen und Unterarmen von Leonie gibt es leichte Schnittwunden. Nicht sehr tief«, sagte er.

Obermeister Dirk Hansen krauste überrascht die Stirn. Reuter nickte nach wenigen Sekunden zustimmend, als es in den Augen seines Kollegen verstehend aufblitzte.

»Ganz richtig«, sagte er.

»Ja, das erklärt auch die Aussage von Pia Gosch und warum Herr Dietzen sich so zurückhält«, erwiderte Dirk Hansen.

Warum verdächtigen die Ermittler die Teilzeitkraft?

Pia Gosch hat das Messer von Ayhan behalten. Als Leonie bei dem Ausflug dem Referendar ein sexuelles Verhältnis mit Celia unterstellte, verlor sie die Nerven. Pia wollte Volker Dietz das gleiche Schicksal wie Hauke Lassen ersparen. Als sie mit dem Messer auf Leonie losging, wehrte die Schülerin die Angriffe ab, wodurch sie an den Unterarmen und Händen verletzt wurde. Celia kam unglücklicherweise Pia in die Quere. Das Adrenalin hat dafür gesorgt, dass Leonie die Verletzungen im Oberkörper zunächst nicht spürte und später zusammensackte. Dadurch geriet der Ablauf in den Aussagen durcheinander. Doch Pia Gosch wusste, wie oft sie auf das Mädchen eingestochen hatte. Dieses Wissen konnte nur der Täter haben, da das viele Blut auf der Kleidung die Wunden verbarg.

4. Rätsel-Krimi

MAASHOLMER FISCHERKRIEG

Am Vormittag war ein Regengebiet über Maasholm hinaus auf die Ostsee gezogen. Den Touristen bot die kleine Gemeinde zum Glück reichlich Unterhaltungsmöglichkeiten wie etwa das Handwerkerhuus. Für Frank Reuter war es jedoch kein Ausflug an die Schleimündung, um sich vom Berufsstress als Hauptkommissar im Landeskriminalamt Kiel zu erholen. Vielmehr hatten die Ermittler vor Ort um Unterstützung bei dem sich ausweiteten Krieg unter den Fischern gebeten.

Angefangen hatte alles mit dem dreisten Diebstahl eines Farbecholotgerätes. Dieses moderne Hilfsmittel hatte Arne Knudsen auf seinem Fischkutter installieren wollen, doch so weit war es gar nicht erst gekommen.

»Das noch verpackte Gerät wurde aus dem Steuerhaus entwendet. Einige Anspielungen haben Knudsen am Tag darauf dazu verleitet, Harm Boysen, einen anderen Fischer, zu beschuldigen«, hatte Polizeiobermeister Petersen dem Hauptkommissar berichtet.

Jetzt standen die beiden Ermittler im Fischereihafen und Frank musterte die Bronzestatue ›Peter Aal‹.

»Wenn er reden könnte, wüssten wir jetzt mehr«, kommentierte Petersen mit dem typischen staubtrockenen Humor der Menschen in dieser Ecke des Landes.

»Der Wert des Gerätes wird mit gut tausend Euro beziffert. Wer würde so etwas stehlen? Könnte Boysen tatsächlich der Dieb sein?«, fragte Reuter. Sein Blick löste sich von der Statue, um zu den ankernden Fischkuttern hinüberzusehen. Das Schiff von Knudsen lag unmittelbar neben dem von Harm Boysen. Ein Diebstahl während der Nacht wäre durchaus möglich und unbemerkt durchführbar gewesen.

»Nö, eigentlich nicht. Harm ist nicht weniger anständig als alle anderen Fischer hier. Außerdem verfügt sein Kutter auch

4. Rätsel-Krimi

über ein Echolot, wenn auch nicht ganz so neu«, antwortete Obermeister Petersen.

Gründe, warum die Ermittlungen nicht voranschritten, waren sowohl der eher geringe Wert des Gerätes wie auch die als seriös geltenden Fischer. Allerdings führten die Verdächtigungen zu einem Kleinkrieg unter den Fischern, die sich mittlerweile in zwei Lager gespalten hatten. Die Medien griffen begehrlich die Geschichte auf, um das Sommerloch zu füllen. Das wiederum schadete dem Tourismus in Maasholm, weshalb man Frank Reuter zur Aufklärung an die Schleimündung geschickt hatte. Er seufzte leise auf. »Na, schön. Fahren wir zu Knudsen und hören uns an, was er zu sagen hat«, entschied der Hauptkommissar, wobei er sich innerlich auf schwierige Gespräche einstellte. Liebend gern hätte er mit den Surfern getauscht, die den kräftigen Südwestwind für eine Fahrt auf dem Wormshöfter Noor nutzten.

Während Obermeister Petersen den Streifenwagen steuerte, warf Frank Reuter einen sehnsüchtigen Blick zu den Männern und Frauen auf ihren Boards. Doch dann bog der Kollege in den Oeher Weg ein und stoppte den Passat in der Auffahrt eines weißen Einfamilienhauses mit Reetdach. Bevor Petersen ausstieg, deutete er auf ein ganz ähnliches Haus keine 50 Meter entfernt.

»Dort wohnt Harm Boysen. Die Familien waren bis zu diesem Streit eng befreundet und heute grüßen sie einander nicht einmal mehr. Verrückt, oder?«, erklärte der Obermeister und schüttelte betrübt den Kopf.

Fünf Minuten später bot ihnen Arne Knudsen einen frischen Kaffee ein, nachdem er die beiden Ermittler hinaus in einen Wintergarten geführt hatte. Frank musterte den mittelgroßen Fischer, dessen kompakte Figur ihn an ein langes, körperlich hartes Arbeitsleben denken ließ. Selbst in der heutigen Zeit verlangte der Beruf des Fischers immer noch körperliche Strapazen und formte entsprechend den Charakter dieser Menschen. Im von Wind und Wetter gegerbten Gesicht leuchteten zwei blaue Augen unter borstigen, blonden Haaren.

»Harm ist ein krummer Hund«, schimpfte Arne Knudsen.

Er redete sich schnell in Rage und lieferte keine brauchbaren Hinweise, die Frank Reuter bei der Aufklärung hätten helfen können. Die Frau des Fischers forderte ihren Mann mehrfach auf, sich nicht im Ton zu vergreifen.

»Das dumme Ding ist den ganzen Ärger überhaupt nicht wert«, stellte sie zu Reuters Erstaunen fest. Sein Blick erfasste eine Reihe von Fotografien an der Wand. Darauf war die ganze Familie Knudsen zu unterschiedlichen Zeiten abgebildet. Es gab eine Tochter von etwa zwölf oder 13 Jahren sowie einen drei bis vier Jahre älteren Bruder. Insgesamt schien es sich um eine harmonische Familie zu handeln.

»Ihr Sohn wird bestimmt den Betrieb übernehmen, oder?«, fragte Frank, um den störrischen Fischer von seinem einseitigen Zorn abzulenken.

»Claas? Habe ich bis vor Kurzem jedenfalls angenommen. In den letzten Wochen hat der Bengel auf einmal keine Zeit mehr oder ist zu müde. Keine Ahnung, was er so treibt«, erwiderte Knudsen.

Die Ablenkung war misslungen. Mehrfach wählte der Hauptkommissar einen neuen Ansatz, um nicht immer wieder den gleichen Verdacht aus dem Mund des Fischers zu hören. Doch Arne Knudsen blieb stur bei seiner Meinung. »Am Morgen danach hat er mich gefragt, ob ich vielleicht ein wenig die Orientierung verloren hätte. Das beweist doch alles! Der blöde Hund war neidisch und hat mir deswegen das Farbecholot geklaut«, wiederholte er die Anschuldigung.

Erneut mahnte ihn seine Frau zur Mäßigung. Reuter erkannte, dass er hier nichts erreichen würde. Er verabschiedete sich und ignorierte eine gemurmelte Bemerkung des Fischers, wonach der Städter ihnen lediglich die Zeit gestohlen hätte.

4. Rätsel-Krimi

Vor dem Haus hielt Frank Reuter seinen Kollegen davon ab, in den Streifenwagen zu steigen.

»Wenn wir schon einmal hier sind, können wir auch gleich mit Harm Boysen sprechen«, erklärte er.

Für einen kurzen Augenblick schaute er einem jungen Paar auf einem Motorroller hinterher. Sie hatten sich beide umgeblickt und den Hauptkommissar zur Kenntnis genommen. Frank Reuter folgte dem Obermeister zur Haustür. Dort öffnete ihnen eine Frau, die im gleichen Alter wie Silke Knudsen sein musste. Anne Boysen war jedoch dunkelhaarig und begrüßte die Männer mit einem offenen Lächeln. Offenbar machte sie sich wenig Sorgen über den Besuch zweier Polizisten, obwohl sie natürlich den Grund bereits ahnte.

»Hauptkommissar Reuter vom LKA. Wir hätten einige Fragen an Ihren Mann. Dürfen wir hineinkommen?«, fragte Frank und zeigte seinen Ausweis vor.

»Moin, Herr Reuter. Moin, Petersen. Kommt ruhig rein. Harm ist aber bei einem Kunden und liefert Fisch aus«, erwiderte Anne Boysen und trat zurück in den Flur.

Das Reetdachhaus war fast ein perfektes Gegenstück zum Haus der Knudsens. Die Hausherrin führte die beiden Männer in ein Wohn- und Esszimmer, von dem aus eine offene Küche abging. An einer Wand hingen diverse Schnappschüsse, auf denen Anne Boysen mit ihrem Mann sowie einem bildhübschen Mädchen im Teenageralter zu sehen war. Frank erkannte sie sofort wieder als die junge Frau auf dem Sozius des Rollers.

»Ihre Tochter trifft sich mit Claas Knudsen? Gibt es da nicht Ärger mit dem Vater?«, fragte er.

Polizeiobermeister Petersen setzte seinen Becher mit Kaffee ruckartig ab und schaute verblüfft zu Anne Boysen. Sie lächelte leicht gequält. »Nina lässt sich nicht so leicht einschüchtern. Sie geht in Flensburg in die Lehre zur Hotelfachfrau. Sie und Claas sind schon seit Monaten ein Liebespaar«, antwortete sie und zuckte mit den Schultern.

»Von Maasholm nach Flensburg. Wie verkraftet die junge Liebe die räumliche Trennung?«, hakte Reuter nach.

Dieses Mal blitzte ein erleichtertes Lächeln im Gesicht von Anne Boysen auf und verstärkte dabei die Ähnlichkeit mit ihrer Tochter. »Seitdem Claas sich den Roller gekauft hat, gibt es kein Problem mehr. Vorher war er zu Tode betrübt und Nina hatte Schwierigkeiten in der Ausbildung. Zum Glück ist er ein fleißiger Kerl und verdient sich auf dem Kutter seines Vaters das erforderliche Taschengeld hinzu«, schwärmte sie.

Gleich darauf erschien Harm Boysen und machte ein finsteres Gesicht, als seine Frau ihm Frank Reuter als Hauptkommissar vorstellte.

»Hört das denn nie auf? Knudsen hat doch einen Knall! Ich habe dieses verfluchte Farbecholot nicht gestohlen«, schimpfte er und ließ sich kaum von seiner Frau besänftigen.

Frank Reuter wartete den Ausbruch gelassen ab. Dann trank er seinen Kaffee aus und erhob sich.

»Wie? Kein weiteres Verhör?«, staunte der Fischer.

Auch seine Frau und Polizeiobermeister Petersen wirkten überrascht von dem frühen Aufbruch des Hauptkommissars. »Nein. Ich weiß jetzt, wer der Dieb ist. Sie sind es nicht, Herr Boysen, und das werden wir Ihrem Freund und Nachbarn auch gleich erzählen. Vermutlich wird er sich noch heute bei Ihnen entschuldigen«, erklärte Frank Reuter und schmunzelte leicht.

Die beiden Familien würden in nächster Zeit noch einige Überraschungen erleben. Doch Reuter war sich sicher, dass der unschöne Fischerkrieg in Maasholm an diesem Nachmittag sein Ende fand. Der Täter hatte ein gutes Motiv für seinen Diebstahl gehabt, würde sich aber trotzdem der Verantwortung stellen müssen.

Wissen Sie, was der Hauptkommissar entdeckt hat?

Obwohl Claas Knudsen in den zurückliegenden Wochen nicht mehr seinem Vater auf dem Kutter geholfen und somit kein zusätzliches Taschengeld verdienen konnte, war der Kauf eines Motorrollers möglich. Aus Liebe zu Nina Boysen wurde er zum Dieb.

5. Rätsel-Krimi

HUNDSTAGE IN KAPPELN

Auf dem Weg nach Kappeln war Reuter an einem Feld vorbeigefahren, auf dem sich Mensch und Tier in der beliebten Sportart Agility übten. Die weißen Schäfchenwolken verstärkten den Eindruck, dass es sich bei Kappeln um ein idyllisches Städtchen an der Ostsee handelte. Im Prinzip hätte Hauptkommissar Reuter dem nicht widersprochen, aber am diesem Mittwoch im Juli war er dienstlich in dem Küstenort.

»Wir stehen vor einem echten Rätsel, Herr Reuter«, teilte ihm der Bürgermeister voller Verzweiflung mit.

Die örtliche Polizeistation hatte reichlich Arbeit mit den täglichen Problemen in der kleinen Stadt. Taschendiebe machten dem Bürgermeister jedoch so sehr zu schaffen, dass er seine Beziehungen hatte spielen lassen. Aus diesem Grund musste sich Hauptkommissar Reuter nun dieser leidigen Angelegenheit annehmen.

»Überall schlagen diese Banditen zu. Anfangs haben wir ja gedacht, dass es eine durchziehende Truppe von Dieben sein müsste, aber so sieht es jetzt nicht mehr aus«, erklärte Bürgermeister Steffens.

Reuter blätterte lustlos durch die Akten der Kollegen, in denen alle Opfer akribisch aufgelistet worden waren. Etwas stach ihm dabei ins Auge.

»Es macht nicht den Eindruck, als wenn wir es mit Profis zu tun hätten«, stellte er halblaut fest.

Heiner Steffens versteifte sich in seinem Sessel hinter dem Schreibtisch im Rathaus. »Wie bitte? Also, wie wollen Sie das denn nach einem reinen Aktenstudium feststellen können?«, protestierte der Bürgermeister entschieden.

Während Reuter ihm die Liste mit den gestohlenen Gegenständen über den Schreibtisch zuschob, wischte Steffens sich seinen Stiernacken mit einem Tuch trocken. Trotz der weit

5. Rätsel-Krimi

geöffneten Fenster war es brütend heiß im Arbeitszimmer des Bürgermeisters.

»Die Auswahl zeigt es mir. Offenbar werden wahllos Gegenstände entwendet, ohne dass die Diebe sich sonderlich um den Wert kümmern. Das würde kein Profi machen«, erklärte der Hauptkommissar.

Während Steffens sich mit gefurchter Stirn die Aufstellung durchlas, gingen Reuters Gedanken auf Wanderschaft. Er stand auf und schlenderte hinüber zum Fenster, von wo aus man den nahen Kirchturm sehen konnte.

»Alle Diebstähle wurden in der Nähe der Kirche verübt«, dachte Reuter laut nach.

»Ja und? Die liegt schließlich mitten im Zentrum, von dem die Einkaufsstraßen abgehen«, warf Steffens ein.

Für Reuter stand fest, dass er näher an den Ort des Verbrechens musste. Er wandte sich ab und erklärte dem Bürgermeister, dass er zur Fußgängerzone gehen wollte. Heiner Steffens kam erstaunlich flink auf die Beine und schlüpfte in sein lindgrünes Jackett.

»Da komme ich mit. Sie sollen ein echtes Ass sein, wie mein Freund mir verraten hat. Jetzt können Sie einmal unter Beweis stellen, dass Sie Ihrem Ruf auch gerecht werden«, trompetete Steffens und eilte an Reuter vorbei.

Der Hauptkommissar wäre zwar lieber allein auf seine Erkundung gegangen, aber er schluckte seinen Protest hinunter und folgte dem rundlichen Bürgermeister. Eine halbe Stunde später blieb Steffens schwer schnaufend im Schatten des Kirchengebäudes stehen und wischte sich zum wiederholten Male den Schweiß aus Nacken und Gesicht.

»Was soll uns diese Rennerei eigentlich einbringen?«, fragte er.

Ein schwarz-weißer Border Collie trabte zu ihnen, umkreiste erst Reuter und dann den Bürgermeister. Während der Hauptkommissar dem Hund lediglich knapp über den

Kopf strich, erwies sich Steffens als Tierliebhaber. Er ging in die Hocke und kraulte den gutmütigen Hund. Der Collie schob seine lange Schnauze unter das Sakko des Bürgermeisters, der es lachend zuließ.

»Na, so was?«, staunte er wenige Augenblicke später.

Der Hund hatte offenkundig genug Streicheleinheiten kassiert, denn er wandte sich urplötzlich ab und rannte davon. Reuter sah noch, wie er sich zu zwei Artgenossen gesellte. Das Pärchen bei den beiden Collies schienen die Besitzer der Hunde zu sein.

»Was halten Sie davon, wenn wir uns eine kleine Erfrischung gönnen?«, schlug Frank Reuter vor.

Der Bürgermeister war sofort einverstanden und so setzten die beiden Männer sich an einen freien Tisch, der zu einem Café gehörte. Ein Teil der Plätze lag im Schlagschatten des Kirchturms. Aber auch die restlichen Tische befanden sich im Schatten, die von riesigen Sonnenschirmen erzeugt wurden. Nachdem Reuter und Steffens bei einer freundlichen Kellnerin ihre Bestellung aufgegeben hatten, streckte der Ermittler seine Beine lang aus. Fünf Minuten später löffelte der Bürgermeister zufrieden sein Eis und sprach diesen oder jeden Passanten an. Heiner Steffens war völlig in seinem Element und reagierte daher auch weniger impulsiv, als einer der Border Collies zwischen den Tischen umherlief und kurz bei ihm anhielt. Frank Reuter hielt sein Smartphone in der Hand und schien Textnachrichten zu studieren.

»Meine Kamera ist weg?«, rief eine Frau erschrocken aus.

Schlagartig verlor Steffens seine entspannte Haltung und ließ den Löffel klirrend ins Glas fallen. Der Mann am Tisch der Frau versuchte sie zu beruhigen und half ihr beim Suchen. Doch die Filmkamera blieb verschwunden.

»So unternehmen Sie endlich etwas, Herr Reuter!«, schimpfte Steffens.

Sein verärgerter Blick ruhte auf dem hoch gewachsenen

5. Rätsel-Krimi

Ermittler des LKA, der äußerlich gelassen auf den Tumult um ihn herum reagierte. Frank Reuter zückte seine Brieftasche und legte genügend Geld auf den Tisch, um seinen Kaffee und auch den Eisbecher des Bürgermeisters zu bezahlen. Heiner Steffens winkte energisch ab.

»Nein, nein. Ich bezahle natürlich selbst und auch wenn Ihr Einsatz nicht den gewünschten Erfolg hatte, sind Sie mein Gast«, protestierte er entschieden.

Mit einem verschmitzten Lächeln beobachtete der Hauptkommissar, wie der Bürgermeister alle seine Taschen durchsuchte.

»Ihre Brieftasche wurde ebenfalls ein Opfer dieser Diebesbande. Aber keine Sorge, Herr Steffens. Ich weiß jetzt, wer sie sind, und habe Beweisfotos angefertigt«, warf Hauptkommissar Reuter ein.

Der Bürgermeister gab die Suche nach seiner Brieftasche auf und starrte den Ermittler ungläubig an. »Wie, Sie wissen jetzt, wer die Diebe sind? Sie sitzen doch die ganze Zeit entspannt im Schatten und lesen Ihre Textnachrichten?«, staunte Heiner Steffens.

Was ist Reuter aufgefallen und wie konnte er die Diebe bei einer ihrer Raubzüge fotografieren?

Lösung: 5. Rätsel-Krimi

Reuter erinnerte sich an den Hundesport Agility, als er den Bürgermeister mit dem Border Collie sah, und ahnte, dass es einen Zusammenhang geben könnte. Von seinem Stuhl im Café aus beobachtete er die Hunde und deren Besitzer. Als die Tiere sich auffällig den Gästen näherten, schoss er Beweisfotos.

6. Rätsel-Krimi

UNERWÜNSCHTE DIENSTLEISTUNG IN SCHÖNHAGEN

Als er am Reha-Schloss von Schönhagen vorbeifuhr, musste Frank Reuter unwillkürlich schmunzeln. Kriminalrat Gerster, sein Vorgesetzter im Landeskriminalamt Kiel, besuchte seine Schwiegermutter regelmäßig, die seit einigen Wochen hier untergebracht war. Doch dann erinnerte der Hauptkommissar sich wieder an den Grund seines Besuchs in der Ostseegemeinde und alle Fröhlichkeit verflog.

»Eine Einbruchserie in der Ferienhaussiedlung bereitet den Kollegen vor Ort große Probleme«, hatte Gerster zu Reuter gesagt und ihn dann mit der Ermittlung beauftragt.

Zehn Minuten später saß Reuter in der örtlichen Dienststelle und ließ sich von Hauptmeister Friedrichsen in den Fall einführen.

»Seit Anfang April melden Eigentümer der Ferienhäuser immer wieder Einbrüche, die leider nicht so leicht aufzuklären sind«, gestand der Leiter der Dienststelle.

Frank Reuter hatte so eine Ahnung, worin das eigentliche Problem seines Kollegen in Schönhagen bestand. Vorsichtig lenkte er das Gespräch auf die Verwicklung von Friedrichsen mit möglichen Verdächtigen.

»Genau da liegt der Hase im Pfeffer, Herr Reuter. Ich habe viele Zeugen befragt und aus deren Aussagen ein Profil erstellt. Das Ergebnis macht mir echt Kummer«, sagte Friedrichsen.

Er zog eine Tafel hinter dem Schrank in der Ecke hervor und stellte sie auf die Fensterbank, damit er sie gegen das Holzkreuz lehnen konnte. Reuter erhob sich und betrachtete die Darstellung mit ehrlicher Anerkennung. Hauptmeister Friedrichsen hatte eine Karte der Ferienhaussiedlung vergrößert und auf Karton gezogen. Anschließend hatte er alle Häuser

6. Rätsel-Krimi

markiert, in denen die Einbrecher gewesen waren. Das alles erschloss sich dem Ermittler des LKA ohne weitere Erklärungen. Lediglich eine Abfolge von Zahlen und Buchstaben neben den Tatorten gab ihren Sinn nicht so einfach preis.

»Was hat es damit auf sich?«, fragte er Friedrichsen, der mit Feuereifer zu erklären begann.

Der Hauptmeister hatte jede Aussage mit einem Code versehen, der sich aus dem Familiennamen sowie dem Datum ergab. Damit Reuter seinen Ausführungen folgen konnte, drückte er ihm die Ausdrucke der Zeugenaussagen parallel dazu in die Hand. Nach einigen Minuten war Reuter auf dem gleichen Sachstand wie sein Kollege aus Schönhagen.

»Es gibt also zwei wesentliche Ansatzpunkte, denen wir nachgehen müssen. Zum einen ist da der Umstand, dass an mehreren Tatorten ein Servicefahrzeug von Elektro Hammerich bemerkt wurde. Und dann wäre da noch dieser ominöse Radfahrer mit der auffälligen Sportbekleidung«, fasste er zusammen und registrierte das zufriedene Nicken von Kai Friedrichsen.

Als er an diesem Punkt seiner Nachforschungen angelangt war, erkannte der Hauptmeister sein grundlegendes Problem. Er war mit dem Inhaber der Elektrofirma befreundet und außerdem noch Mitglied im Sportverein, in dem auch alle Angestellten des Unternehmens einen Teil ihrer Freizeit verbrachten.

»Und deswegen soll ich jetzt sozusagen als neutraler Ermittler einspringen«, stellte Reuter fest und lobte seinen Kollegen für dessen Umsicht.

Nachdem dies nun geklärt war, las sich der Hauptkommissar alle Berichte noch einmal gründlich durch. Die Einbrecher hatten kaum verwertbare Spuren hinterlassen, abgesehen von einem Teilabdruck eines Sicherheitsschuhs einer bekannten Marke.

»Wir fangen mit der Elektrofirma an. Ich könnte mir vorstellen, dass wir dort fündig werden«, erklärte Reuter schließlich.

Als die beiden Beamten kurze Zeit später auf dem Innenhof des Unternehmens standen, musterte der Hauptkommissar zuerst die Servicefahrzeuge und dann die vier Handwerker. Innerlich musste er gestehen, dass es clever war, mit einem Firmenwagen eines Handwerkbetriebes auf Diebestour zu gehen. Es passte ins übliche Bild, wenn ein Servicewagen in dem Ferienhausgebiet unterwegs war. Hätte der Einbrecher es nicht übertrieben und sich mehr Zeit zwischen den einzelnen Straftaten gelassen, wäre es den Zeugen vermutlich überhaupt nicht aufgefallen. Sein Blick blieb an Kurt Hammerich, dem Inhaber des Unternehmens hängen.

»Sie haben sicherlich die Fahrtenbücher sowie die Kundenaufträge durchgesehen, nachdem Herr Friedrichsen Sie um den Abgleich gebeten hat«, sagte Reuter.

Der kompakt gebaute Handwerksmeister nickte beflissen und reichte dem Hauptkommissar einige Ausdrucke.

»Ja, es gibt aber wie erwartet keine Übereinstimmungen. Die Zeugen müssen sich irren oder jemand fährt mit einem Wagen durch die Gegend, der unseren Fahrzeugen sehr ähnlich ist«, versicherte Hammerich.

Er wirkte so zuverlässig und glaubwürdig, wie ein Kunde es sich von einem Handwerker nur wünschen konnte. Von Kopf bis Fuß war Kurt Hammerich in Arbeitskleidung der Firma mit dem Strauß im Emblem eingekleidet. Auch seine drei Angestellten trugen diese Kleidung, wobei der jüngste anstatt der üblichen Sicherheitsschuhe sich für modische Sportschuhe entschieden hatte. Reuter überflog die Aufstellung und nickte dankend.

»Als Herr Friedrichsen mir vorhin die Tatorte gezeigt hat, sind mir Fahrzeuge einer auswärtigen Elektrofirma aufgefallen. Der Konkurrenzdruck ist offenbar sehr hoch oder täusche ich mich?«, fragte er dann.

6. Rätsel-Krimi

Hammerich schob die schwieligen Hände in die Taschen seiner Arbeitshose. »Nein, tun Sie nicht. Es wird von Jahr zu Jahr schlimmer, Herr Hauptkommissar. Diese blöden Ausschreibungen kosten an sich schon viel Geld, aber dann werden die örtlichen Unternehmen regelmäßig von solchen Billiganbietern überboten. Ich kann den Betrieb bei solchen Dumpingpreisen kaum noch am Leben erhalten«, machte er sich Luft.

»Ja und wenn wir in unserem Alter den Job verlieren, können wir bis zur Rente stempeln gehen«, schimpfte der ältere der Gesellen und erhielt Zustimmung von seinem Kollegen.

»Wenn der Meister zumachen muss, kann ich mir eine neue Ausbildungsstelle suchen; und die wachsen hier oben echt nicht auf den Bäumen«, ergänzte der junge Mann mit den Sportschuhen.

»Ja, das klingt in der Tat sehr hart. Wie ich gehört habe, sind Sie sehr sportlich. Herr Friedrichsen hat mir erzählt, dass Sie regelmäßig Faustball spielen und mit dem Rennrad unterwegs sind. Dabei können Sie vermutlich am besten abschalten«, wandte Reuter sich wieder an den Inhaber.

Hammerich deutete mit dem Daumen über seine Schulter auf ein gelb, rot und grün lackiertes Rennrad neuester Generation.

»Stimmt. Wenn ich nicht regelmäßig Dampf auf diese Art und Weise ablassen kann, vergreife ich mich tatsächlich noch an einem der Monteure der auswärtigen Firma«, erwiderte er.

Frank Reuter erkundigte sich, welchen sportlichen Aktivitäten die beiden Gesellen nachgingen. Einer war ebenfalls in der Faustballmannschaft, während der ältere Kollege einen Garten als Ausgleich hatte.

»Das macht genug Arbeit«, stellte er trocken fest.

Zuletzt wollte Frank Reuter noch wissen, ob die Elektrofirma in akuten Zahlungsschwierigkeiten stecken würde.

»Nein, natürlich nicht! Alle Gehälter und Sozialabgaben werden pünktlich bezahlt. Sie können sich auch gerne bei den

Großhandelsunternehmen erkundigen, Herr Hauptkommissar. Kurt Hammerich hat nirgends Schulden«, erklärte der Handwerksmeister voller Inbrunst und Stolz.

»Danke, das wäre vorerst alles«, erwiderte Reuter nach einem abschließenden Blick in die Runde.

Er verließ den Innenhof und wartete ab, bis Hauptmeister Friedrichsen hinter dem Lenkrad des Streifenwagens saß.

»Wenn Sie wollen, übernehme ich die Festnahme«, bot er an.

Sein Kollege hob verwundert die Augenbrauen an.

»Wie bitte? Wollen Sie damit andeuten, dass Sie den Einbrecher schon kennen?«, fragte er ungläubig.

»Ja, er hat sich durch zwei Dinge verraten«, antwortete Frank Reuter.

Wen hat der Hauptkommissar unter Verdacht?

Lösung: 6. Rätsel-Krimi

Es kann nur Kurt Hammerich sein, der durch die Einbrüche die finanzielle Schieflage seiner Firma ausgleichen will. Er trägt die Sicherheitsschuhe mit dem auffälligen Emblem in der Sohle und fährt Rennrad in seiner Freizeit. Mit dem Rad hat er die Objekte ausgekundschaftet.

7. Rätsel-Krimi

NACHTREITER IN DAMP

Über Nacht war eine Schlechtwetterfront über die Küste in Höhe von Damp gezogen. Viele Urlauber hatten daraufhin kurzfristig ihr ursprüngliches Tagesprogramm geändert, weshalb Hauptkommissar Reuter in aller Ruhe die beschädigten Strandkörbe begutachten konnte.

»Die Spur der Verwüstung setzt hier ein und führt uns auf den Reiterhof der Familie Godbersen«, erklärte Obermeister Frantzen von der örtlichen Polizeiwache. Er hatte normalerweise wenig Mühe damit, seinen Dienst auf sich allein gestellt an diesem wunderschönen Fleck nahe der Ostsee zu bewältigen. Die Menschen aus den Dörfern kannten den Obermeister und respektierten seine Stellung als Polizeibeamter. »Die Urlauber sind in der Regel entspannt und außer gelegentlichen Anrufen wegen zu lauter Musik am Strand oder Lagerfeuer im Wald gibt es keinen nennenswerten Ärger. Und nun das hier?« Frantzen konnte den Grad der Verwüstung immer noch nicht fassen.

Reuter löste den Blick von dem Strandkorb, den jemand mit viel Gewalt über den Strand bis zur Böschung gezerrt hatte. »Um das zu schaffen, muss man entweder sehr kräftig sein oder es waren mehrere Täter«, stellte er fest.

»Es waren definitiv mehrere Randalierer, Herr Hauptkommissar. Sehen Sie diese Trittspuren dort drüben?«, erwiderte Frantzen. Der Obermeister führte seinen Kollegen vom LKA ein Stück weiter bis zu einem schmalen Weg. Er war unbefestigt und der lockere Sand stark durchwühlt. Reuter starrte hinunter und versuchte, die Spuren zu entdecken, von denen Obermeister Frantzen sprach. »Ihre Tochter reitet wohl nicht, oder?«, fragte der.

Auf der kurzen Fahrt an den Strand hatten die beiden Polizisten sich ein wenig über ihre Familien ausgetauscht. Daher

7. Rätsel-Krimi

wusste Frantzen, dass Reuter eine Tochter im Teenageralter hatte.

»Dann sind hier Pferde durchgekommen?«, fragte der Hauptkommissar ausweichend.

»Ganz genau. Am Ende dieses Weges liegt der Reiterhof der Familie Godbersen«, sagte Frantzen.

Die beiden Ermittler setzten sich wieder in Bewegung und erreichten einen guten Kilometer weiter einen öffentlichen Spielplatz. Das Klettergerüst war aus seiner Verankerung gerissen und konnte so nicht mehr von den Kindern benutzt werden. Frank Reuter schaute sich auf dem Spielplatz um. Er bemerkte ein kleines Stück Stoff nahe des einen Grillplatzes, der seltsamerweise dem Vandalismus nicht zum Opfer gefallen war. Er deutete auf einen kleinen Haufen Müll, den offenbar sein Kollege bereits zusammengetragen hatte.

»Das sind also Ihrer Ansicht nach Hinterlassenschaften der Randalierer?«, fragte er.

Während Reuter das abgerissene Emblem eines bekannten Designerlabels in eine Beweissicherungstüte steckte, schaute er den Obermeister an.

»Mit ziemlicher Sicherheit, Herr Reuter. Ich habe mit den Mitarbeitern der Gemeinde gesprochen, die für die Sicherheit und Sauberkeit auf den öffentlichen Plätzen verantwortlich sind«, antwortete Frantzen. Die hatten ihm versichert, dass alle Müllbehälter am Abend zuvor geleert geworden waren und dass sie den herumliegenden Abfall eingesammelt hatten.

»Zeigen Sie mir bitte einmal die Flasche«, bat der Hauptkommissar.

Der Obermeister reichte ihm die Sektflasche, deren Glas mit einem goldfarbenen Überzug besprüht worden war. Frank Reuter kannte diese Marke und wusste, wie teuer eine Flasche davon war.

»Ist der Aufenthalt auf dem Reiterhof sehr teuer oder können ihn sich auch Normalverdiener leisten?«, fragte er.

Obermeister Frantzen schüttelte entschieden den Kopf. »Das kann sich auch eine Familie mit einem durchschnittlichen Einkommen leisten«, erwiderte er überzeugt.

Reuter nickte und reichte dem Kollegen die Flasche zurück. In Kürze würde ein Team zur Spurensicherung eintreffen, das alle Hinweise aufnehmen würde. Das bislang Gesehene reichte Hauptkommissar Reuter jedoch, um seine Untersuchungen auf dem Reiterhof einleiten zu können. Zehn Minuten später ging er über den sauber gefegten Innenhof mit den Stallungen. Die Urlauber wohnten entweder in einer der Ferienwohnungen darüber oder in einem der separat stehenden Häuser. Edgar Godbersen erwartete die beiden Polizisten in einer der Reithallen. Der Eigentümer des Reiterhofes war von drahtiger Figur und sein Gesicht von der Sonne tief gebräunt.

»Das ist Hauptkommissar Reuter vom LKA aus Kiel. Er leitet die Untersuchungen«, stellte Obermeisten Frantzen seinen Kollegen vor.

Godbersen nickte knapp und schaute den Hauptkommissar fragend an.

»Wie geht es denn nun weiter? Bisher existieren doch keine handfesten Beweise, dass einer unserer Gäste etwas mit den Vorkommnissen der vergangenen Nacht zu tun hatte, oder?«, fragte er.

Reuter beruhigte ihn und versprach äußerste Diskretion bei den anstehenden Ermittlungen. Godbersen entspannte sich umgehend und wirkte erheblich kooperativer als zuvor.

»Kennen Sie dieses Emblem?«, fragte Reuter und reichte dem Reiterhofbesitzer die Tüte mit dem sichergestellten Stoffstück.

»Ja, natürlich. Das ist das Wappen von einem Gutshof aus Rheinland-Pfalz. Ein Reitstall für Wohlhabende in der Nähe von Bensheim«, antwortete er.

In der nächsten Stunde machten die beiden Polizisten ihre Runde und befragten alle Gäste. Es waren überwiegend Fami-

7. Rätsel-Krimi

lien, deren Töchter im Teenageralter und seit einigen Jahren begeisterte Pferdenarren waren. Um 15 Uhr saßen Obermeister Frantzen und Frank Reuter an einem Tisch auf dem Innenhof. Frau Godbersen hatte ihnen frischen Kaffee und selbst gemachte Erdbeertorte serviert. Die beiden Ermittler gönnten sich eine Pause, um über die Ergebnisse ihrer Vernehmungen zu sprechen. Nachdem Reuter seinen Teller geleert hatte, schob er seinen Notizblock zu Obermeister Frantzen über den Tisch hin.

»Sie wollen mit der Familie Schornweber sprechen?«, staunte der Kollege.

Nachdem Reuter ihm seine Gründe dafür darlegte, gingen sie zusammen hinüber zu dem Haus, in dem sich Eberhard Schornweber mit seiner Familie für drei Wochen eingemietet hatte. Als die beiden Beamten erneut vor ihm standen, schaute der übergewichtige Familienvater sie verwundert an. »Wieso kommen Sie schon wieder hierher?«, wollte er wissen.

Reuters Blick blieb einen Augenblick lang an dem Paar Reitstiefeln mit einer Schmutzschicht aus Sand und Asche hängen. Dann schaute er Eberhard Schornweber ins Gesicht. »Sie leben in Alzey und sind Mitinhaber einer bekannten Sektkellerei aus Bad Kreuznach. Sie verbringen den Urlaub erstmals mit Ihrer Frau und Ihrer 15 Jahre alten Tochter in Schleswig-Holstein. Das stimmt doch, oder?«, fragte der Hauptkommissar.

Schornweber reagierte unwirsch, da er diese Fragen bereits vor über einer Stunde beantwortet hatte. »Ja, wie ich bereits gesagt habe. Was ist denn, Herr Reuter? Wollen Sie eine oder zwei Flaschen unserer erfolgreichsten Marke abstauben?«, fragte er verärgert und nahm eine Flasche Sekt von einem Beistelltisch.

Ein Sonnenstrahl ließ das bauchige Glas in einem Goldton aufblitzen. Reuter schüttelte den Kopf. »Die Geschäfte laufen in letzter Zeit nicht mehr so gut. Habe ich recht?«

7. Rätsel-Krimi

Diese Frage war neu und ließ Eberhard Schornweber verwundert die Stirn furchen.

»Was geht Sie das an?«, fragte er zurück.

Der Hauptkommissar blieb völlig gelassen. Eine letzte Frage war noch übrig. Erhielt er die erwartete Antwort, kannte er das Motiv und den Täter. »Wie hat Ihre Tochter darauf reagiert, dass sie nicht mehr auf den exklusiven Gutshof in Bensheim durfte?«

Sowohl Obermeister Frantzen als auch Eberhard Schornweber stutzten. Auf einmal verstand der Vater, was Hauptkommissar Reuter mit dieser Frage bezweckte.

»Wenn man gut reiten kann und sehr wütend ist, kann man im Sattel eines Pferdes eine Menge Zerstörung anrichten«, sagte Frank Reuter.

Wieso hält er Schornwebers Tochter für den Randalierer?

Auf dem verwüsteten Spielplatz hatte Reuter ein Stoffstück gefunden. Godbersen konnte ihm sagen, dass es zu einem Gutshof aus Bensheim gehörte. Obermeister Frantzen präsentierte außerdem die auffällige Sektflasche, die von dem Randalierer auf dem Spielplatz zurückgelassen worden war. Ein weiterer Hinweis waren die Schmutzspuren an den Reitstiefeln im Ferienhaus der Schornwebers. Der soziale Abstieg der Familie warf die Tochter aus der Bahn und lieferte den Anlass für den wilden Ritt im betrunkenen Zustand.

Lösung: 7. Rätsel-Krimi

JAGUAR
IM SCHLESWIGER KNICK

Es war kein schöner Anblick, der sich Hauptkommissar Reuter nach dem Einbiegen auf die Straße zu einem Bauernhof bot. Der Ermittler des LKA lenkte seinen Dienstwagen vorsichtig an der Unfallstelle vorbei. Der Jaguar E-Type mit der langen Schnauze war für ihn einer der elegantesten Sportwagen aller Zeiten. Dieses Schmuckstück nun dermaßen verbeult in einem Knick liegen zu sehen, ließ Reuter leise aufseufzen. Er hielt kurz an und betrachtete das Wrack. Der Fahrersitz war dicht ans Lenkrad geschoben worden und jetzt voll mit Glasscherben. Während die Fahrerseite nahezu unbeschädigt war, konnte man die ursprüngliche Form des Fahrzeuges anhand der restlichen Karosserie nicht mehr erkennen. Mit einem traurigen Blick startete der Hauptkommissar den Wagen wieder und fuhr weiter. Fünf Minuten später stieg er aus seinem Wagen und betrachtete die Gebäude des Ferienbauernhofes der Familie Lürsen.

»Hauptkommissar Reuter?«, fragte eine Frauenstimme in seinem Rücken.

Er wandte sich um und erwiderte das breite Lächeln der Blondine mit den strahlenden blauen Augen.

»Richtig geraten. Dann sind Sie vermutlich die Kollegin aus Schleswig, die um Unterstützung des LKA gebeten hat«, erwiderte Frank Reuter.

»Anne Faber. Schön, dass Sie so schnell gekommen sind. Die Ermittlung erweist sich als schwierig, und ich kann gut einen erfahrenen Kollegen an meiner Seite gebrauchen«, gestand die Kommissarin, die erst wenige Monate im Amt war.

Reuter ließ sich zunächst erklären, was eigentlich passiert war. Bei einem simplen Verkehrsunfall hätte man sicherlich

8. Rätsel-Krimi

nicht das LKA um Hilfe gebeten. Kommissarin Faber war von den uniformierten Kollegen alarmiert worden, die auf Streife den verunglückten Jaguar im Knick entdeckt hatten.

»Es war niemand im oder am Fahrzeug. Die Halterüberprüfung ergab, dass der Oldtimer Dr. Hubertus von Sonnenbruch aus Karlsruhe gehört. Er wurde erst durch den Besuch der Kollegen auf den Verlust seines Jaguar aufmerksam gemacht«, schilderte Faber.

Der medizinische Leiter einer Fachklinik hatte daraufhin den Diebstahl angezeigt und um Aufklärung gebeten. Er konnte nachweisen, dass er den Wagen abgestellt und nicht wieder benutzt hatte. Die Schlüssel samt Ersatzschlüssel händigte Dr. von Sonnenbruch den Polizisten aus. An diesem Punkt erkannten die beiden Streifenbeamten, dass sie besser die Kripo aus Schleswig hinzuziehen sollten.

»Warum? Einen gängigen Fahrzeugdiebstahl könnten die Kollegen doch auch ohne unsere Hilfe aufklären«, hakte Reuter nach, der gleichzeitig auf ein junges Paar schaute, welches sich den beiden Ermittlern näherte.

»Die Familie Lürsen betreibt keinen ganz normalen Ferienbauernhof, Herr Reuter. Sie geben gestrauchelten Jugendlichen eine zweite Chance, und dieser Umstand bereitet den Kollegen einiges Kopfzerbrechen«, erklärte Anne Faber.

»Das ist Silke Lürsen mit ihrem Mann Dirk. Der Familie von Frau Lürsen gehört dieser Bauernhof bereits seit mehreren Generationen. Dirk Lürsen ist ausgebildeter Sozialpädagoge und kam auf die Idee mit der Integration bereits vorbestrafter Jugendlicher. Sie arbeiten auf dem Hof und können sogar eine Ausbildung durchlaufen, sobald sie sich als gefestigt erweisen«, weihte die Kommissarin ihren Kollegen aus Kiel ein, bevor die Besitzer des Bauernhofes bei ihnen ankamen.

»Hauptkommissar Reuter vom LKA. So wie es sich im Augenblick darstellt, wurde der Jaguar auf ihrem Hofplatz aufgebrochen und gestohlen«, sagte der Ermittler.

8. Rätsel-Krimi

Silke Lürsen warf ihrem Ehemann einen verärgerten Seitenblick zu, während der sofort für seine Schützlinge in die Bresche sprang.

»Das mag zwar sein, Herr Reuter, beweist aber nicht die Schuld eines unserer Mitarbeiter«, protestierte Dirk Lürsen.

Der Hauptkommissar mochte Menschen, die sich für eine Sache dermaßen stark engagierten. Der Sozialpädagoge bot ihnen eine Führung über den Hof an, bei der sie drei Teenager sprechen konnten, die derzeit auf dem Hof arbeiteten. Reuter und Faber willigten ein. Frau Lürsen entschuldigte sich mit dringenden Aufgaben und eilte zurück zum Haupthaus, wobei sie das linke Bein leicht nachzog. Reuter folgte ihr mit einem nachdenklichen Blick.

»Täusche ich mich oder teilt Ihre Frau die Unschuldsvermutung nicht in vollem Umfang?«, fragte er Lürsen.

Der stieß die Luft aus und seufzte vernehmlich. »Im Grunde schon. Aber unsere Existenz hängt von den Buchungen der Feriengäste ab, und solche Zwischenfälle sind einfach schlecht fürs Geschäft«, antwortete Dirk Lürsen.

Reuter hatte den Verdacht, dass der Sozialpädagoge ihm nicht die volle Wahrheit sagte, beließ es aber vorerst dabei. Die Führung fing in einem umgebauten Schuppen an, in dem sich drei der fünf Ferienwohnungen befanden. Eine junge Frau mit pechschwarzen Haaren und diversen Ringen in den Lippen sowie den Augenbrauen saugte die Böden in einem Appartement. Als sie Lürsen mit den beiden Beamten bemerkte, schaltete sie den Staubsauger aus und trat in die Wohnungstür.

»Das ist Daniela Ohrt. Sie befindet sich bereits am Ende ihrer Ausbildung«, stellte der Sozialpädagoge die junge Frau vor.

»Hauptkommissar Reuter. Sie haben gehört, was passiert ist?«, fragte der Ermittler.

»Na klar. Schade um den wunderschönen Wagen«, erwiderte Daniela aufrichtig.

8. Rätsel-Krimi

Reuter staunte über diese Aussage, doch Lürsen lieferte ungefragt die Erklärung dazu.

»Danny war vor ihrer Zeit bei uns in einer Autowerkstatt beschäftigt, in der Oldtimer restauriert werden. Leider gab es einen kleinen Zwischenfall, weshalb sie ihre Ausbildung dort nicht beenden konnte«, sagte er.

»Sag ruhig, wie es war. Ich brauchte Kohle und habe Ersatzteile übers Internet verkauft, die ich aus dem Lager gestohlen habe«, zeigte Daniela Ohrt sich ganz offen.

Reuter plauderte noch ein wenig mit ihr über Oldtimer und war von dem Wissen der jungen Frau begeistert. Anschließend brachte Dirk Lürsen sie zu einem Anbau, in dem das Büro untergebracht war. Hier saß ein hoch gewachsener, spindeldürrer Mann von 18 oder 19 Jahren vor einem Computer. Als Lürsen die beiden Ermittler vorstellte, verdüsterte sich das Gesicht von Erik Schrader.

»Dann geht es also wieder von vorne los. Das System schlägt unerbittlich zu«, knurrte er.

Frank Reuter tauschte einen Blick mit seiner Kollegin aus.

»Herr Schrader gehörte zu einer Gruppe von Umweltschützern, die mit radikalen Methoden auf Missstände aufmerksam gemacht haben. Er und zwei seiner Freunde wurden geschnappt, als sie in einen Betrieb mit Massentierhaltung eingebrochen sind«, sagte Anne Faber.

Erik Schrader stand vom Schreibtischstuhl auf und streckte Reuter in einer dramatischen Geste seine Handgelenke entgegen. Der schmunzelte leicht und schüttelte dem verblüfften Mann die Rechte.

»Vielen Dank für Ihre Unterstützung, Herr Schrader«, sagte Reuter und verließ das Büro.

Die letzte Station war ein Bereich, der als Streichelwiese eingerichtet worden war. Ein korpulenter Mann in einem verdreckten Overall versorgte Hühner, Ziegen und zwei Schafe sowie ein Alpaka mit frischem Futter.

8. Rätsel-Krimi

»Timo? Kommst du bitte einmal zu uns hinaus?«, rief Lürsen.

Als Timo Degenhard vor Reuter stand, überragte er den Ermittler um Hauptteslänge. Natürlich hatte er auch von dem Diebstahl sowie dem Unfall gehört, es berührte ihn jedoch wenig.

»Solche Luxusteile sind doch völlig über. Das Geld hätte man besser einer Einrichtung wie dieser hier gespendet«, schimpfte Degenhard. Er machte keinen Hehl daraus, dass er Polizisten nur für Handlanger der reichen Leute hielt. Timo Degenhard stammte aus schwierigen Verhältnisse und hatte in Köln zu einer Bande gehört, die regelmäßig Wohnungen besetzt und Lebensmittelcontainer auf den Parkplätzen von Discountern geplündert hatte. Seine Bewährungsstrafe verbrachte Timo seit einem Monat auf dem Ferienhof der Familie Lürsen.

»Damit kennen Sie die Hauptverdächtigen, Herr Reuter. Glauben Sie immer noch, dass einer von ihnen den Jaguar gestohlen und zu Schrott gefahren hat?«, fragte Dirk Lürsen fünf Minuten später. Er stand wieder auf dem Hofplatz und blinzelte gegen die Mittagssonne an.

»Leider weiß ich es mit ziemlicher Sicherheit, Herr Lürsen. Einer Ihrer Schützlinge kommt sehr wohl als Täter in Betracht«, musste Reuter dem Sozialpädagogen die deutliche Antwort geben.

Wen hat der Hauptkommissar unter Verdacht und warum?

Der Dieb hat den Jaguar kurzschließen müssen, da die Schlüssel beim Besitzer sicher verwahrt waren. Solche Fähigkeiten besaß augenscheinlich nur Daniela Ohrt, die aus ihrer Begeisterung für Oldtimer keinen Hehl machte. Außerdem war der Fahrersitz dicht ans Lenkrad geschoben worden, was gegen den schlaksigen Erik Schrader genauso sprach wie gegen den korpulenten Timo Degenhard.

SEERÄUBER
IM JACHTHAFEN VON ECKERNFÖRDE

Das Gesicht des Hafenmeisters war tiefrot gefärbt. Daran war nicht das anhaltende Sommerhoch in Eckernförde verantwortlich, sondern der Inhalt der beiden Seesäcke zu seinen Füßen.

»Alles Diebesgut, Herr Hauptkommissar. In meinem Hafen dulde ich keine Seeräuber«, schimpfte Thorsten Hoyer.

Frank Reuter hockte neben den Säcken und schaute sich das Sammelsurium darin an: Herrenarmbanduhren, E-Book-Reader, Smartphones, komplette Brieftaschen und jede Menge Schmuck. Lediglich eine rosafarbene Schutzhülle für ein Handy mit den aufgestickten Buchstaben H&R passte nicht so richtig dazu. Beide Seesäcke waren gut gefüllt und bewiesen, dass die Langfinger bereits länger im Hafen unterwegs waren. Durch einen Zufall war der Hafenmeister auf das Versteck mit den beiden Säcken gestoßen und hatte geistesgegenwärtig die Kripo angerufen. Hauptkommissar Reuter wurden die Ermittlungen übertragen, weshalb er sich nun in dem Lagerraum hinter dem Gebäude befand und mit der Hafenmeisterei das Diebesgut sichtete. Er richtete sich wieder auf.

»Sie glauben, die Langfinger nutzen das Treiben der Piratentage aus und wollen danach wieder verschwinden?«, fragte Reuter.

Die Bezeichnung Seeräuber ließ diese Vermutung zu und tatsächlich nickte Hoyer voller Überzeugung.

»Unsere normalen Gäste im Jachthafen würden niemals so etwas tun«, beschwor er den Zusammenhalt unter den Seglern.

Seit dem gestrigen Freitag waren in Eckernförde wie jedes erste Augustwochenende die Piraten in die Stadt eingefallen. Dieses Touristenspektakel lockte besonders bei hochsommerlichem Wetter Tausende von Besuchern in die Stadt an der Ostsee. Der Hauptkommissar stimmte dem Hafenmeister zu, dass dieser Event eine hervorragende Gelegenheit für Diebe war. Dennoch blieb er skeptisch.

»Wer von den Gästen oder Veranstaltern kennt diesen Raum und weiß, dass er leicht zugänglich ist?«, fragte er.

Hoyer schob sich die weiße Schirmmütze in den Nacken und krauste nachdenklich die Stirn. »Nur eine Handvoll, Herr Kommissar«, räumte er ein.

»Die Bootsbesitzer, die regelmäßig im Jachthafen sind, kennen sich hier aber besser aus. Stimmt doch, oder?«, fragte Reuter weiter.

Der Hafenmeister schnaubte zwar, ließ sich aber schließlich zu einem bestätigenden Nicken herab. Die Richtung der Fragen behagte dem kräftig gebauten Mann überhaupt nicht.

»Gibt es viele Segler, die solche Seesäcke benutzen?«, wollte der Hauptkommissar wissen.

Thorsten Hoyer konnte nur bestätigen, dass die Säcke nach wie vor beliebte Transportbehälter waren. Auch junge Menschen nutzten diese Säcke sehr häufig.

»Danke für Ihre Hilfe. Wir lassen die Säcke, wo sie sind. Zwei Kollegen in Zivil observieren den Raum und werden zugreifen, falls eine verdächtige Person sich hier herumtreibt«, erklärte Frank Reuter.

Sie traten hinaus in den strahlenden Sonnenschein und sofort tauchten sie wieder in den Lärm der Menschen im Hafen ein. Reuter beneidete seine Kollegen nicht, die den Lagerraum im Blick behalten sollten. Vielleicht traten der oder die Diebe tatsächlich auf die Bildfläche, sodass die Ermittlungen erheblich verkürzt werden konnten. Der Hauptkommissar hatte jedoch seine Zweifel und überlegte sich daher eine Strategie, um die Räuber auf andere Art und Weise zu überführen. Der Hafenmeister hatte ihm eine Liste ausgehändigt, in der die Daten und Liegezeiten der vielen Boote aufgeführt waren. Reuter schlenderte hinunter zu den Anlegestegen und suchte

9. Rätsel-Krimi

das erste Segelboot auf, das seit zwei Tagen hier einen Liegeplatz innehatte.

»Sind Sie der Eigner des Bootes?«, fragte er einen Mann von etwa 40 Jahren, der mit dem Rücken am Mast lehnte.

»Bin ich. Warum interessiert es Sie?«

Reuter zückte seinen Ausweis und erklärte dem Mann, weshalb er sich im Hafen umschaute.

»Mein Name ist Eike Tevesen. Kommen Sie einfach an Bord«, forderte der Eigner ihn auf. Tevesen kam aus Leverkusen und war ein leidenschaftlicher Segler, was nur bei Teilen seiner Familie auf Verständnis traf. »Lukas findet es im Gegensatz zu früher mittlerweile total langweilig. Es hat mich einige Mühe gekostet, ihn zum Mitsegeln zu überreden«, erklärte Tevesen.

Sein Sohn hatte erst eingewilligt, nachdem sein Vater ihm das neueste Smartphone gekauft hatte und er dank einer Flatrate permanent mit seinen Freunden in Leverkusen in Kontakt stand. Lukas Tevesen kam unmittelbar darauf zum Boot und wirkte eher aufgekratzt.

»He, die Piratentage sind echt spitze«, rief er vom Steg aus. Der schlaksige 15-Jährige sprang an Bord und musterte den Hauptkommissar eher desinteressiert.

»Das ist Herr Reuter von der Kripo. Er untersucht eine Reihe von Diebstählen hier im Hafen«, erklärte Eike Tevesen.

Auf einmal änderte sich das Verhalten des Teenagers abrupt. Er schaute zu seinem Vater und zögerte einen Moment.

Reuter beschlich eine Ahnung. »Kann es sein, dass dir das neue Smartphone gestohlen wurde?«, fragte er hellsichtig.

Lukas räumte ein, dass er es seit dem gestrigen Freitag vermisste. Als sein Vater völlig aufgebracht wissen wollte, weshalb sein Sohn ihn nicht informiert hatte, erhielt er eine kleinlaute Antwort.

»Ich dachte, ich hätte es auf dem Tisch liegen lassen. Konnte doch nicht ahnen, dass sich hier Langfinger herumtreiben«, stieß Lukas hervor.

9. Rätsel-Krimi

Reuter ließ sich genau schildern, mit wem er unterwegs gewesen war. Bei zwei Namen wurde er hellhörig.

»Du kennst die jungen Damen also noch nicht länger?«, hakte er nach.

Lukas holte noch einen Freund an Bord, der seit zwei Tagen seinen E-Book-Reader vermisste. Bislang hatte er angenommen, ihn irgendwo im Segelboot verlegt zu haben. Hauptkommissar Reuter ließ beide Teenager auf beiden Booten gründlich suchen. Doch weder das Smartphone noch der Reader konnten wiedergefunden werden. Zusammen mit Eike Tevesen saßen die beiden Söhne und der Hauptkommissar im Heck des Bootes.

»Wisst ihr, wo wir die beiden jungen Frauen jetzt antreffen könnten?«, fragte Reuter.

Es gab drei beliebte Treffpunkte für Teenager, zu denen Lukas und sein Freund den Ermittler führten. Erst an einer Eisdiele in der Einkaufsstraße wurden sie fündig. Reuter spürte sofort die Anspannung bei Lisa Zimmer und Hannah Rethwisch, als er seine Marke gezeigt und um ihre Personalausweise gebeten hatte. Er hatte vier Streifenpolizisten zur Unterstützung angefordert, die in der Nähe des Tisches ein wachsames Auge auf die jungen Damen hatten.

»Ihnen ist also niemand aufgefallen, der sich das Smartphone von Lukas geschnappt haben könnte?«, fragte Reuter.

Zimmer und Rethwisch waren beide 18 Jahre alt. Äußerlich wirkten sie allerdings erheblich jünger, was sie auch durch fehlendes Make-up sowie passende Kleidung unterstrichen. Hannah hatte offenkundig ein Faible für die Farbe Rosa, sie trug sogar entsprechende Ohrsticker.

»Nein, ganz bestimmt nicht«, versicherten die jungen Frauen.

Sie schauten Reuter zwar treuherzig an, aber er ging seiner Ahnung weiter nach. Er deutete auf die beiden Handys, die auf dem Tisch lagen. Eines war in einer weißen Lederhülle verstaut, während das andere Gerät ungeschützt war.

9. Rätsel-Krimi

»Das Handy gehört vermutlich Ihnen, richtig?«, fragte er Hannah Rethwisch.

Sie zog die Augenbrauen fragend in die Höhe und nickte schließlich.

»Sie hatten es ziemlich eilig, nicht wahr? Immerhin galt es, die drei Tage auszunutzen und zu verschwinden, bevor wir einen Zusammenhang zwischen den Diebstählen herstellen konnten. Nun, der Plan ist schiefgegangen«, erklärte der Hauptkommissar.

Beide Frauen protestierten lautstark. Doch als Reuter ihnen sagte, wodurch er ihnen auf die Schliche gekommen war, wurden sie leise. Lisa Zimmer schickte ihrer Komplizin einen bösen Seitenblick, während Hannah betroffen den Boden anstarrte.

Was hatte sie verraten?

Unter dem wertvollen Diebesgut hatte Reuter die Schutzhülle für ein Handy mit den Initialen H&R entdeckt. Sie passte nicht zu den anderen gestohlenen Dingen und fiel zudem durch ihre Farbe auf. Hannah Rethwisch hatte sie offenbar verloren, während sie einen Teil des Diebesguts in den Seesack gefühlt hatte.

10. Rätsel-Krimi

RAUSCH DER TIEFE IN ECKERNFÖRDE

Ein Spaziergänger hatte den toten Taucher im Morgengrauen entdeckt. Hauptkommissar Reuter vom LKA wurde angefordert, da die Polizeistation in Eckernförde durch eine Grippewelle personell stark geschwächt war.

»Er hat keine Papiere bei sich. Der Notarzt hat verdächtige Anzeichen entdeckt und deswegen uns eingeschaltet«, erklärte Polizeihauptmeister Kröger.

Der stabil gebaute Kollege von Reuter war selbst ein erfahrener Taucher und deutete daher die Anzeichen als mögliche Ursachen eines Verbrechens.

»Es gibt drei Anbieter, die auch mit erfahrenen Tauchern auf die Ostsee hinausfahren und zu Wracks tauchen«, sagte Arne Kröger.

Für Reuter war es kaum vorstellbar, wie man einen Taucher töten sollte. Er ließ es sich von dem Kollegen aus Eckernförde erklären, während sie zum Hafen fuhren. Dort wollten sie ein Bild des Toten herumzeigen in der Hoffnung, jemand würde ihn wiedererkennen.

»Sie können zum Beispiel den Druckanzeiger an der Sauerstoffflasche manipulieren. Dann taucht man länger oder tiefer, als es der Inhalt zulässt. Beim Auftauchen wird es dann kritisch bis tödlich«, berichtete Kröger.

Er verfügte über das Talent, die Auswirkungen besonders plastisch auszumalen, sodass vor den Augen des Hauptkommissars klare Bilder entstanden. Geriet ein Taucher in einen sogenannten Tiefenrausch, mussten seine Tauchpartner ihn notfalls mit Gewalt aus dem Wasser holen. Der Betroffene verlor einfach die Fähigkeit, klar zu denken und war eine Gefahr für sich selbst.

»Die Schädigungen am Innenohr deuten für Sie also auf ein zu hastiges Auftauchen hin?«, hakte er nach.

10. Rätsel-Krimi

»Ja, vermutlich. Die Wunde am Hinterkopf sowie die Verletzungen im Halsbereich und den Händen lassen mich an einen Kampf unter Wasser denken«, stimmte Kröger zu und baute weitere Details in seine Theorie ein.

Frank Reuter fand es sehr aufwendig, einen Menschen auf diese Weise zu töten.

»Auf dem ersten Blick vielleicht, aber die Umstände bieten eben auch große Chancen für den Täter, ungestraft zu bleiben. Ein Tauchunfall passiert öfter, als man denkt, und wenn ein Notarzt über keine spezielle Erfahrung auf diesem Bereich verfügt, wird die Todesursache möglicherweise falsch attestiert«, wandte Arne Kröger ein.

Vorerst verließ Reuter sich auf das Wissen seines Kollegen aus Eckernförde. Später würde die Obduktion verlässliche Daten liefern, die ihnen mehr Sicherheit bringen sollten.

Die beiden Ermittler teilten sich auf, nachdem sie im Hafen eingetroffen waren. Jeder suchte nach Augenzeugen und bereits die dritte Frau, die Reuter ansprach, erkannte den Toten.

»Frank? Oh, mein Gott! Was ist ihm nur passiert?«, stotterte sie voller Entsetzen.

Der tote Taucher wohnte in der gleichen Pension wie sie und hieß mit vollem Namen Frank Mosbach. Während Hauptkommissar Reuter die Angaben mittels mehrerer Anrufe überprüfte, eilte Hauptmeister Kröger auf ihn zu. Der Hauptkommissar erfuhr etwas über den Selfmademan Mosbach, der sich bereits in verschiedenen Extremsportarten wie Fallschirmspringen und Bergsteigen versucht hatte. Von einem Mitarbeiter aus der Firma von Mosbach erfuhr Reuter, wie dickköpfig sein Chef gewesen war und wie er notfalls durch Einsatz von Geld seinen Willen durchgesetzt hatte.

»Ich weiß, auf welchem Boot er gewesen ist«, stieß Arne Kröger hervor, kaum dass Reuter sein Handy abgeschaltet hatte.

»Sehr gut. Sein Name lautet Frank Mosbach. Bislang hat ihn niemand als vermisst gemeldet«, erwiderte er.

Sie gingen zusammen zu dem Boot, auf dem sie zwei Tauchlehrer sowie vier Teilnehmer eines Kurses erwarteten.

Der Inhaber der Tauchschule hieß Marten Christiansen. Als Reuter ihm die Aufnahme des Toten auf dem Display seines Handys zeigte, nickte der Tauchlehrer und reichte das Gerät zurück. Er kratzte sich dabei nervös an einem Verband, der seine linke Hand umschloss. Reuter ließ seinen Blick über die kräftige Figur von Christiansen wandern. Unter einer dunkelblauen Schiffermütze quoll graues Haar hervor. Zu einem weit aufgeknöpften Fischerhemd trug der Tauchlehrer ein buntes Tuch um den Hals sowie verwaschene Jeans-Bermudashorts. Unterhalb des linken Knies schimmerte die Haut grün und blau.

»War es gestern der erste Tauchgang von Herrn Mosbach?«, fragte er.

Christiansen schüttelte entschieden den Kopf. »Nein, wir wollten erst heute hinausfahren und ins Wasser gehen. In den beiden zurückliegenden Tagen stand nur Theorie auf dem Stundenplan«, erwiderte er.

Eine der anderen Tauchschüler warf Christiansen einen Seitenblick zu. Reuter befragte alle Teilnehmer des Seminars, wie sie den Vorabend und die Nacht verbracht hatten. Alle bestätigten die Aussage des Tauchlehrers, wonach man sich am Abend gegen 18 Uhr im Hafen verabschiedet hätte. Anschließend hatten sich Gruppen gebildet, da unterschiedliche Programme für den Abend geplant waren. Einer war zwar noch einmal nach einem Abendessen zurück zum Boot gekommen, weil er seine dort vergessene Jacke holen wollte, doch der Liegeplatz war leer gewesen.

»Ich habe mich ein wenig geärgert, aber dann beschloss ich, an einem Kiosk in der Nähe ein Bier zu trinken und zu warten«, erklärte Simon Bracht.

10. Rätsel-Krimi

Angeblich hatte er nach dem dritten Bier die Lust verloren und war zurück zur Pension gegangen. Der Kioskbetreiber konnte sich zwar an Bracht erinnern, aber keine verlässlichen Angaben zu den Zeiten machen. Ob der Kutter von Christiansen zu dem Zeitpunkt am Anleger festgemacht hatte, konnte nicht ermittelt werden. Zwei Angler erinnerten sich lediglich an einen Streit, der von zwei Männern auf einem Schiff ausgetragen worden war. Ob es der Kutter von Christiansen gewesen war, konnten sie nicht sagen. Als Reuter den Schiffseigner mit der Aussage von Bracht konfrontierte, erhielt er eine schlüssige Erklärung.

»Ich fahre öfter nach Ende des Seminars noch rüber zur Tankstelle, um Diesel zu bunkern. Bevor ich das Boot endgültig verlasse und nach Hause fahre, mache ich immer einen abschließenden Rundgang. Die Jacke von Bracht habe ich aber nicht gefunden«, erklärte Christiansen.

Reuter bat um die Erlaubnis, sich an Bord ein wenig umsehen zu dürfen. Der Tauchlehrer erhob keinen Einwand, sodass der Hauptkommissar sich auf und auch unter Deck umschaute. In einer Kiste, in der Christiansen alle Dinge sammelte, die von Besuchern an Bord zurückgelassen wurden, entdeckte Reuter einen Siegelring mit den Initialen ›FM‹. Er nahm ihn mit und zeigte das teure Schmuckstück seinem Kollegen. Anschließend drehte der Hauptkommissar sich zu dem Tauchlehrer um.

»Gehen die Geschäfte immer noch so schlecht, wie man überall liest?«, wollte er wissen.

Die Seminarteilnehmer schauten verwundert zu Christiansen, der nach kurzem Zögern nickte. Seine Miene wurde dabei immer düsterer.

Arne Kröger hob alarmiert die Augenbrauen an. »Es war kein Mord?«, fragte er.

Hauptkommissar Reuter schaute anklagend auf den Tauchlehrer. »Darüber wird später ein Gericht entscheiden müssen.

Aber Herr Christiansen hat einen unerfahrenen Schüler mit unter Wasser genommen und dort kam es zu dem Kampf«, erklärte er.

Wieso ist Frank Reuter sich so sicher?

Die Anzeichen beim Toten deuten auf ein zu schnelles Auftauchen hin. Als Reuter dann noch die Spuren eines Kampfes am Körper des Tauchlehrers bemerkte und sich den Charakter von Mosbach in Erinnerung rief, erkannte der Hauptkommissar die Zusammenhänge. Der eigenwillige Unternehmer hatte den Tauchlehrer bestochen, mit ihm allein einen Tauchgang vorzunehmen. Der einsetzende Tiefenrausch führte zu einem Handgemenge, bei dem Mosbach schließlich starb.

Lösung: 10. Rätsel-Krimi

11. Rätsel-Krimi

SEGELMACHER-BLUES IN SCHILKSEE

Im Quartier der Segler in Kiel-Schilksee war die Aufregung fast mit Händen greifbar. Hauptkommissar Reuter folgte seinem Kollegen vom KDD, der ihn zum Leichnam führte.

»Moritz Garbert zählte zu den absoluten Favoriten. Zusammen mit Carlo Ortez bildet er seit Jahren ein Spitzenduo bei den 470er-Booten«, erklärte Kommissar Raubach.

Während er sich als ein begeisterter Segler outete, war Reuter lediglich ein gelegentlicher Zuschauer. Dennoch sagte ihm diese Bootsklasse etwas, da das Olympische Zweihand-Dinghy in Kiel regelmäßig an Wettfahrten teilnahm.

»Sein Leichnam war in ein Segel eingewickelt?«, fragte Reuter, während er sich hinter Raubach in eine abgesperrte Halle schob.

»Ja und sie wurde nur zufällig so schnell entdeckt. Julian Horberg hatte sich kurzfristig dazu entschieden, das überholte Segel doch heute einzusetzen«, stimmte der Kollege vom Dauerdienst zu.

Zwei Minuten später ging Hauptkommissar Reuter neben dem Leichnam des Seglers in die Hocke. Dr. Haase war ein Rechtsmediziner, den er noch nicht so gut kannte.

»Können Sie uns Ihren ersten Eindruck schildern?«, bat er.

Der Rechtsmediziner drehte den Toten auf die Seite, um den Ermittlern den Einstichkanal zu zeigen.

»Das Opfer wurde mit einem dünnen, sehr spitzen Gegenstand angegriffen. Der einzelne Stich traf die Leber, wodurch eine starke, innere Blutung zu einem schnellen Tod führte«, antwortete Dr. Haase.

Die präzise Schilderung beeindruckte Reuter. Wenige Augenblicke später bedankte er sich beim Rechtsmediziner und erhob sich. Raubach und er warfen einen abschließenden Blick auf den Leichnam, der zum Abtransport vorbereitet wurde.

11. Rätsel-Krimi

»Diese ringförmige Einkerbung unterhalb des linken Schulterblattes stammt mit hoher Wahrscheinlichkeit vom Tatort«, stellte Raubach fest.

Während Frank Reuter langsam zu dem ausgerollten Segel schlenderte, in dem der Leichnam offenbar in diese Halle gebracht worden war, nickte er zustimmend.

»Leider ist es keine sonderlich auffällige Einkerbung. Vorerst sollten wir uns auf das Umfeld von Moritz Garbert konzentrieren. Gibt es eine Beziehung zwischen ihm und Julian Horberg?«, erwiderte Reuter und blieb neben dem ausgebreiteten Segel stehen.

Zwei Kriminaltechniker in weißen Overalls sicherten immer noch die Spuren. Dunkle Schmierspuren im Zentrum der Segelfläche ließen sich leicht als getrocknetes Blut identifizieren.

»Horberg ist der härteste Konkurrent um den Titel. Es geht um erhebliche Sponsorengelder und die Qualifikation für die Europameisterschaft«, erklärte Raubach, der für Reuter immer mehr zum Fachmann des Segelsports wurde.

Er registrierte das sich aus der Konkurrenzsituation abzuleitende Motiv, während sein Blick an einer Öse hängen blieb.

»Was halten Sie davon?«, fragte er Raubach.

Der schaute auf die Öse und stieß einen leisen Pfiff aus. »Ja, würde passen. Diese Spi war bei einem Segelmacher«, stimmte er zu.

Die beiden Ermittler gingen anschließend hinüber zu den beiden Seglern, die den Toten entdeckt hatten. Julian Horberg war ein kompakt gebauter Mann mit dunklen Haaren sowie durchdringend blauen Augen.

»Hauptkommissar Reuter vom LKA. Sie sind Arndt Wechsler, der den Toten entdeckt hat?« Der Ermittler musterte den schlanken Mann mit dem blonden Kurzhaarschnitt, der ihn aus braunen Augen nervös anschaute.

»Ja, dabei wollten wir den Spinnaker eigentlich nur als

Reserve einsetzen. Julian hat sich erst vor einer Stunde anders entschieden«, antwortete Wechsler.

Daraufhin war er in die Halle mit ihrer Ausrüstung gegangen, um das Segel zu überprüfen. Der Segelmacher hatte zwar wie gewohnt erstklassige Arbeit geleistet, doch der tote Konkurrent überschattete es natürlich.

»Ich habe Julian geholt und der hat die Polizei verständigt«, schloss Arndt Wechsler seinen Bericht.

Reuter wandte sich an Horberg. »Garbert war Ihr härtester Konkurrent und hatte die bessere Ausgangslage. Stimmt das?«, fragte er und verfolgte gespannt die Reaktion des Seglers.

»Stimmt. Und deswegen habe ich ihn erschlagen und damit der Verdacht auf jeden Fall auf mich fällt, Moritz in den Spinnaker eingewickelt. Dann musste ich nur noch Arndt losschicken und konnte beruhigt abwarten, bis Sie mir diese dämlichen Fragen stellen«, antwortete er mit beißendem Spott.

Vorerst reichte Reuter die Reaktion, um sich ein erstes Bild zu machen. Bevor er die beiden weiter befragen würde, musste der Weg des Segels geklärt werden. Zusammen mit Kommissar Raubach ging er zu den Kriminaltechnikern, die sich die Ausrüstung von Moritz Garbert und Carlo Ortez anschauten. Da der Freund des Toten einen Nervenzusammenbruch erlitten hatte, würden Reuter und sein Kollege ihn noch nicht vernehmen können.

»Es gibt bisher keine Anzeichen, dass es zwischen Garbert und Ortez irgendwelche Schwierigkeiten gab. Sie werden allgemein als gutes Team beschrieben. Das hängt vermutlich auch damit zusammen, dass Ortez keine Schwester hat und selbst homosexuell ist«, erklärte Raubach.

Das war eine so merkwürdige Auskunft, dass Reuter sofort stutzte. »Warum betonen Sie das so?«, wollte er von seinen Kollegen wissen.

11. Rätsel-Krimi

Der ließ sich von den Technikern ein Smartphone aushändigen und schaltete es ein. Auf dem Display erschien eine Galerie mit vielen hübschen jungen Frauen.

»Garbert war als Schürzenjäger verschrien. Er benotete seine Freundinnen und ließ sie schnell wieder fallen, sobald er ihrer überdrüssig war«, sagte der Kommissar vom Dauerdienst.

Reuter schaute auf die Darstellung einer Frau mit wilden, blonden Locken und lachenden, grünen Augen. Von ihr gab es sogar zwei Aufnahmen, wie der Zeitstempel belegte. Offenbar hatten Garbert und sie vor 18 Monaten eine Affäre gehabt, als die junge Frau noch einen Kurzhaarschnitt trug. Mittlerweile waren ihre Haare wieder gewachsen.

»Und da Ortez weder eine Schwester noch eine Freundin hat, an die Garbert sich heranmachen kann, blieb ihr Verhältnis unbelastet«, fasste Reuter zusammen.

»Genau. Was nun?«, erwiderte Kommissar Raubach.

Reuter wollte den Segelmacher aufsuchen, um ab dort den Weg des Spinnakers nachvollziehen zu können. Eine halbe Stunde später betraten er und Raubach das Zelt, in dem Elmar Hartwig zusammen mit einem halben Dutzend Mitarbeitern während der Kieler Woche alle möglichen Schäden an Segeln behob. Er genoss einen erstklassigen Ruf und war Reuter auf Anhieb sympathisch. Der kräftige Händedruck harmonierte hervorragend mit dem verschmitzten Lächeln des Kahlkopfes. Der Kinnbart verlieh Hartwig eine verwegene Note, genauso wie das Piratentuch auf der Glatze.

»Sie haben gestern Abend ein Spi für Moritz Garbert repariert. Deswegen sind wir hier«, erklärte Hauptkommissar Reuter.

Der Segelmacher nickte und zupfte dabei an einem Segelmacherhandschuh. Reuters Blick fiel auf eine Art Nadel, die Hartwig zwischen den Fingern kreisen ließ.

»Reparieren Sie damit die Segel?«, fragte er neugierig.

11. Rätsel-Krimi

Hartwig stutzte und verstand zuerst nicht, worauf der Ermittler anspielte.

»Ach so. Ja, aber nur bei Stoffsegeln. Bei Laminatsegel zum Beispiel setzen wir spezielle Klebstoffe ein«, antwortete er dann.

Aus dem Hintergrund eilte eine junge Frau mit blonden Locken heran, die ein Handy an Hartwig weiterreichte. Ihre grünen Augen musterten die beiden Ermittler kurz, bevor sie wieder im hinteren Bereich des Zeltes verschwand. Hartwig schaute sie liebevoll an und ließ die junge Frau auch während des Gesprächs nicht aus den Augen. Als er es beendet hatte, entschuldigte er sich für die Störung.

»War das Ihre Frau oder Freundin?«, wollte Reuter wissen.

Hartwig und Marion Thoms waren seit einem Jahr liiert, nachdem sie eine harte Zeit mit ihrem früheren Freund durchlebt hatte.

»Sie kennen Moritz Garbert sicherlich sehr gut, oder?«, fragte der Hauptkommissar weiter.

Einen Augenblick lang verdüsterte sich der Blick von Elmar Hartwig.

»Ja, als Kunde. Wir haben uns so wie gestern Abend immer nur über die Arbeit unterhalten. Moritz schätzte meine handwerklichen Qualitäten«, erwiderte der Segelmacher.

»Das kann ich mir gut vorstellen. Wie kam es zu dem Streit? Hat Garbert zu sehr mit Ihrer Freundin geflirtet?«, hakte Reuter nach.

Sowohl Elmar Hartwig als auch Kommissar Raubach schauten den Hauptkommissar verwundert an. Doch für Reuter war klar, dass der Segelmacher der Mörder von Moritz Garbert war.

Wie kommt der Hauptkommissar darauf?

Lösung: 11. Rätsel-Krimi

Moritz Garbert starb an einer Stichverletzung, die nicht zu einem Messer passt. Doch die massive Nadel eines Segelmachers könnte die tödliche Verletzung sehr wohl verursacht haben.

12. Rätsel-Krimi

SPION AN BORD IN FALCKENSTEIN

Der Anruf hatte Hauptkommissar Reuter von langweiliger Schreibtischarbeit erlöst. Auf dem Weg hinaus nach Schilksee ließ er das Telefonat noch einmal gedanklich Revue passieren.

»Wir haben auf der Fähre geheime Konstruktionsunterlagen gefunden. Einer der Passagiere, der an der Anlegestelle Falckenstein ausgestiegen ist, muss sie dort vergessen haben«, berichtete Kommissarin Boysen vom Kriminaldauerdienst.

Reuter schüttelte unwillkürlich den Kopf, so wie er es auch beim Telefonat getan hatte. Spione in Kiel? Und dann so unprofessionell, dass sie ihre Unterlagen an Bord einer Fähre mit Hunderten von Fahrgästen vergaßen? Er war wirklich gespannt, was ihn in Schilksee erwartete.

20 Minuten später erreichte der Hauptkommissar das Jugenddorf in Falckenstein. Dorthin hatte Kommissarin Boysen die Passagiere der Fähre bringen lassen. Sie saßen in dem großen Speisesaal an den Tischen und wurden von uniformierten Beamten bewacht.

»Ich möchte zunächst mit dem Vertreter der Werft sprechen«, sagte Reuter.

Die sichergestellten Konstruktionspläne gehörten dem Bereich für militärische Projekte der größten Werft in Schleswig-Holstein. Die dort gebauten U-Boote hatten sich zu einem weltweiten Verkaufsschlager erwiesen. Boysen führte ihren Kollegen vom LKA hinüber zum Verwaltungsgebäude, in dem Herr Karlsson auf sie wartete. Der Vertreter der Werft war ein mittelgroßer Mann mit Halbglatze und randloser Brille. Auf Reuter wirkte er mehr wie ein Buchhalter und entsprechend überrascht reagierte er auf die herrische Haltung des Mannes.

»Sie kommen vom LKA? Das wird auch Zeit, dass man diese Angelegenheit in kompetente Hände übergibt«, sagte

12. Rätsel-Krimi

Karlsson und warf der jungen Kommissarin einen Seitenblick zu.

»Hauptkommissar Reuter. Meine Kollegin vom KDD hat ausgesprochen professionell gehandelt und sowohl was die Unterlagen als auch alle Verdächtigen anbelangt. Mich interessiert viel mehr, wie diese Konstruktionspläne in die Hände des oder der Industriespione fallen konnten. Ich gehe davon aus, dass besonders im militärischen Schiffbau sehr hohe Sicherheitsvorkehrungen bestehen«, erwiderte Reuter und wies Karlsson gleich in seine Schranken.

»Selbstverständlich, Herr Reuter. Es ist mir ebenfalls völlig rätselhaft, wie die Unterlagen unsere Werft verlassen konnten«, antwortete Karlsson.

Seine arrogante Haltung fiel in sich zusammen. Offenbar hatte er zunächst lediglich sein Heil in der Flucht nach vorn gesucht und war dabei gegen Reuter geprallt. Karlsson hob sein Handy in die Höhe. »Ich habe mittlerweile auch den Militärischen Abschirmdienst informiert. So sehen es die Vorschriften vor«, erklärte er.

Damit hatte Frank Reuter bereits gerechnet und wusste auch, dass er mit den Ermittlern des MAD eng zusammenarbeiten musste. Er ließ sich die Pläne zeigen und war erstaunt, dass die Unterlagen in Papierform aus der Werft geschmuggelt worden waren.

»Wäre es nicht erheblich einfacher gewesen, die Dateien auf einen Memorystick zu ziehen?«, wollte er wissen.

Auch dieser Umstand gab Karlsson sowie Kommissarin Boysen Rätsel auf. Hauptkommissar Reuter ahnte, dass diese Ermittlungen nicht einfach werden würden. Den größten Vorteil sah er jedoch darin, dass alle Verdächtigen im Speisesaal saßen. Möglicherweise konnte Reuter denjenigen zu weiteren Fehlern veranlassen und ihn so entlarven.

»Herr Reuter?«

An der Tür zum Büro war ein uniformierter Beamter aufgetaucht und suchte offenbar den Hauptkommissar. Gleich darauf begrüßte Reuter einen hoch gewachsenen Mann mit kurzen blonden Haaren und einem wachen Blick.

»Major Krämer von der Außenstelle Kiel des MAD«, stellte er sich vor.

Zuerst gratulierte der Offizier der Kommissarin zu ihrem entschlossenen Handeln. Boysen nahm es mit einem dankbaren Nicken an.

»Es befanden sich 46 Passagiere an Bord der Fähre. Das sind die persönlichen Daten und ein Vorschlag von mir, welche Personen nicht unbedingt zum engeren Kreis der Verdächtigen zu rechnen sind«, erklärte sie.

Reuter und Krämer beugten sich über das Tablett mit der Liste. Sie überflogen die Namen und studierten die Gründe für den ausgeschlossenen Personenkreis.

»Ich finde Ihre Vorgehensweise logisch und teile die Einschätzung von Kommissarin Boysen«, sagte Frank Reuter.

Auch der Major des MAD teilte die Auffassung, sodass die drei Ermittler sich zunächst auf die verbliebenen sechs Verdächtigen konzentrieren wollten. Bei einem der Namen zog Krämer auf einmal die Augenbrauen zusammen.

»Was ist? Kennen Sie jemanden?«, fragte Reuter nach.

»Der Nachname kommt mir bekannt vor. Ich überprüfe es und stoße dann wieder zu Ihnen«, erwiderte der Major.

Die beiden Kommissare gingen hinüber zum Speisesaal und nahmen Gert Brosinki mit in einen Nebenraum. Der studierte Schiffsbauingenieur verhielt sich erstaunlich gelassen angesichts der ungewöhnlichen Situation, in der er sich zusammen mit den anderen Fahrgästen befand.

»Hauptkommissar Reuter vom LKA. Meine Kollegin kennen Sie ja bereits.«

Brosinki nickte knapp und lächelte Kommissarin Boysen sogar zu.

»Sie wissen ja, warum wir diese Untersuchung eingeleitet

12. Rätsel-Krimi

haben. Können Sie uns erklären, warum Sie sich auf der Fähre nach Falckenstein befanden?«, fragte Reuter.

»Ich bin auf dem Weg zu meiner ehemaligen Firma in Laboe. Es geht um die Sondierung einer Anstellung, da ich gerne wieder zurück nach Kiel möchte«, antwortete Gert Brosinki.

Aus den persönlichen Daten wusste Reuter, dass der Ingenieur tatsächlich bis vor zwei Jahren für das Unternehmen in Laboe tätig gewesen war. Anschließend hatte es ihn nach Rostock gezogen, wo er aktuell lebte.

»Einfach so? Sie fahren von Rostock hierher, ohne einen Termin zu haben?«, fragte Boysen erstaunt.

Der smarte Brosinki bejahte. Er hatte sich ein Zugticket gekauft und war nach Kiel gefahren. So konnte er die Zeit nutzen, um in einem mit WLAN ausgestatteten Waggon im Internet zu surfen und Stellenangebote zu suchen.

»Außerdem hatte ich noch einige Tage Resturlaub aus dem vorherigen Jahr, die ich antreten musste. Da bot sich ein Ausflug nach Kiel an«, sagte er.

Es gab noch einige Studienfreunde aus der Vergangenheit, die der Ingenieur während seines Aufenthaltes besuchen wollte. Bei einem war er am Vormittag gegen 9 Uhr bereits im Büro gewesen und hatte über alte Zeiten geplaudert. Der Besuch hatte rund 90 Minuten gedauert, bis die aufkommende Unruhe es jäh unterbrach. Brosinki erfuhr so vom Diebstahl einiger Zeichnungen eines ihm bekannten Ingenieurs.

»Arbeitet derjenige auf der Werft, dem die Zeichnungen gestohlen wurden?«, fragte Reuter.

Ein schelmisches Grinsen blitzte in Brosinkis Gesicht auf.

»Allerdings, Herr Reuter. Tja, das war's dann wohl. Sie haben mich erwischt«, antwortete er lachend und streckte dem Hauptkommissar die Handgelenke hin.

Reuter ging auf das Schauspiel nicht weiter ein. Er stellte weitere Fragen und ließ sich den Tagesablauf von Gert Brosinki schildern. Anschließend bat er Kommissarin Boysen, diese Angaben zu überprüfen. Reuter selbst wollte mit Major Krämer sprechen.

»Der Name Liebschild fiel mir ins Auge. Es gab nach der Wende einen Offizier der NVA mit diesem Namen, der wegen seiner engen Beziehungen zur Stasi nicht in die Bundeswehr übernommen werden konnte. Eva Liebschild ist seine Ehefrau, die er erst vor vier Jahren geheiratet hat«, berichtete der Ermittler des MAD.

Das Ehepaar lebte in Wismar. Sie hatten eine Firma für Softwareanwendungen. Hauptkommissar Reuter entschied sich spontan, mit Frau Liebschild als Nächstes zu sprechen. Als Kommissarin Boysen die rundliche Frau mit klugen, blauen Augen unter dunkelblonden Haaren ins Zimmer führte, spürte Reuter ihre Nervosität.

»Was führt Sie nach Kiel?«, fragte er nach der gegenseitigen Vorstellung.

»Ein Auftrag meiner Firma. Es gab ein Problem mit einer Software, das ich nur vor Ort lösen konnte«, antwortete sie.

Als diplomierte Informatikerin hatte Eva Liebschild sich einen guten Namen gemacht, wie Reuter bereits wusste.

»Die Software, um die es ging, wird auf der Werft eingesetzt?«, hakte er nach.

Eva Liebschild rang mit den Händen und schluckte schwer. »Ja, aber ich habe nichts mit dem Diebstahl zu schaffen«, schwor sie.

Für sie sprach, dass die Behebung der Störung in einem Versicherungsunternehmen in der Stadt vorgenommen werden musste. Eva Liebschild war nicht einmal in die Nähe der Werft gekommen.

»Sind Sie mit dem Zug nach Kiel gekommen?«, fragte Reuter.

»Ja, da konnte ich bereits an meinem Laptop arbeiten und nach der Ursache der Störung suchen«, erwiderte sie.

Liebschild hatte verschiedene Varianten durchgespielt, wodurch das Problem entstanden war und wie man es wie-

12. Rätsel-Krimi

der beheben konnte. Es ging dabei, bei der Personenkontrolle nach versteckten technischen Datenträgern zu suchen. Diese Funktion war bei dem Versicherungsunternehmen überraschend ausgefallen. Vorübergehend hatte das Sicherheitspersonal wieder zur altbewährten Methode der persönlichen Durchsuchung übergehen müssen.

»Mit Erfolg, oder?«, wollte der Hauptkommissar wissen.

Das bestätigte die Informatikerin und war sichtlich erleichtert als Reuter sie entließ. Kaum hatte sich die Tür hinter ihr geschlossen, wandte der Hauptkommissar sich an Major Krämer.

»Würden Sie bitte auf der Werft nachfragen, ob eine ähnliche Störung dort aufgetreten ist?«

Der Ermittler des MAD erhob sich und verließ den Raum, um der Bitte nachzukommen. Reuter fragte Kommissarin Boysen, was die Nachfrage bei der Firma in Laboe ergeben hatte.

»Niemand wusste etwas darüber, dass Brosinki kommen wollte. Die Trennung war damals nicht ohne Probleme erfolgt und es gibt zurzeit keine freien Stellen«, berichtete seine Kollegin.

Hauptkommissar Reuter bat darum, dass seine Kollegin mit Gert Brosinkis Freund in der Werft telefonierte.

»Lassen Sie sich bitte genau beschreiben, wie dieser Besuch verlief und ob es zu ungewöhnlichen Vorfällen kam«, sagte er.

Zehn Minuten später saßen die drei Ermittler wieder zusammen.

»Auf der Werft ist das System nur für wenige Minuten ausgefallen. Es gab keinen Grund, besondere Sicherheitsmaßnahmen einzuleiten«, berichtete Major Krämer.

Am Vormittag gegen zehn Uhr meldete die computergesteuerte Überwachung den Ausfall eines Teils der Überwachungssoftware. Vorsichtshalber wurde das Intranet gesperrt und alle Ausdrucke von geheimen Unterlagen mussten in die Tresore zurückgelegt werden.

12. Rätsel-Krimi

»Was konnten Sie von Herrn Brosinkis Freund erfahren?«, wandte Reuter sich an seine Kollegin.

Dieser hatte den unerwarteten Besuch und auch den angegebenen Zeitraum bestätigt.

»Er hat von dem Sicherheitsalarm berichtet und dass er einige Skizzen deswegen wegschließen musste«, erzählte Kommissarin Boysen.

»Gab es andere Auffälligkeiten? Vielleicht ein ungewöhnliches Verhalten von Brosinki?«, bohrte Reuter nach.

Seine Kollegin vom KDD hob überrascht die Augenbrauen. »Ja, allerdings. Brosinki war nach Auskunft seines Freundes noch nie ein begeisterter Zeitungsleser. Heute Morgen bat er jedoch darum, die Ausgabe einer Zeitung von gestern mitnehmen zu dürfen. Woher wussten Sie das?«, fragte sie.

Damit hatte der Hauptkommissar alle Puzzleteilchen beisammen, um Gert Brosinki überführen zu können.

Was genau hat Reuter auf die richtige Spur gebracht?

Lösung: 12. Rätsel-Krimi

Brosinki hat auf der Zugfahrt gesehen, woran Eva Liebschild am Laptop arbeitete. Bei seinem Besuch der Werft manipulierte er die Software, so wie er es im Zug beobachten konnte. Bei der kurzzeitigen Verwirrung durch den Sicherheitsalarm stahl er eine Skizze und verbarg sie in der alten Zeitung. Brosinki wurde zum Verhängnis, dass er es nicht gewohnt war, eine Zeitung bei sich zu tragen. Deswegen ließ er sie auf der Fähre liegen.

13. Rätsel-Krimi

MANN ÜBER BORD IN KIEL

Auf der Aussichtsplattform in der großen Schleuse in Kiel-Holtenau drängten sich Schaulustige. Hauptkommissar Reuter war mit seiner Familie selbst oft hierhergekommen, um den großen Frachtern beim Schleusen zuzusehen. Diese seltenen gemeinsamen Erlebnisse lagen mittlerweile viele Jahre zurück und seine Tochter war längst an der Schwelle zu einer erwachsenen Frau angekommen.

»Das Fahrgastschiff war auf dem Weg von Brunsbüttel nach Kiel. Es wurde von einer Ingenieursfirma aus Stade gechartert, um einen erfolgreichen Abschluss zu feiern«, erklärte Kommissarin Winters.

Der Anruf des Kriminaldauerdienstes holte Frank Reuter von seinem Tisch im Biergarten weg. Der Hauptkommissar musste den Kollegen vom KDD wieder einmal zur Seite springen, damit ein Todesfall zügig eingestuft werden konnte.

»Und Herr Schuster war einer der Ingenieure?«, fragte er.

Doch die Kommissarin schüttelte entschieden den Kopf. »Nein. Er leitete das Controlling innerhalb der Firma und war seit drei Wochen in Stade, um die Zahlen der Niederlassung zu prüfen«, widersprach Sina Winters.

Was ihr dabei durch den Kopf ging, aber nicht über die Lippen der blonden Frau kam, war Reuter sofort klar. Sollte sich herausstellen, dass es kein Unfall gewesen war, konnte die Überprüfung der Bücher des Unternehmens ein mögliches Motiv liefern. Es sprach für die Kommissarin, es trotzdem nicht sofort anzuführen. Sie hatte bereits in Erfahrung gebracht, dass Schuster ein sehr zugänglicher Mann gewesen sein sollte, der seinem Täter vermutlich eine Chance zur Selbstanzeige geben wollte. An Bord des Ausflugsschiffes wäre ein entspannter Rahmen möglich gewesen, dieses Abkommen einzugehen.

13. Rätsel-Krimi

»Sein Verschwinden wurde erst hier in der Schleuse bemerkt? Warum nicht schon vorher?«, fragte der Hauptkommissar weiter, während er über die Gangway an Bord des Ausflugsschiffes ging.

»Nun ja. Es wurde seit Brunsbüttel kräftig gefeiert und insgesamt sprechen wir immerhin über 46 Gäste an Bord«, erklärte Winters.

In der Schleuse überprüfte der Bootsmann die Liste der Gäste und stieß auf den abwesenden Controller. Eine sorgfältige Durchsuchung des gesamten Schiffes blieb erfolglos. Da beschloss der Niederlassungsleiter die Polizei einzuschalten.

»Zuerst waren die Kollegen der Wasserpolizei vor Ort. Sie haben dann auch den Toten in der Schleuse entdeckt. Er muss während der Einfahrt oder nachdem das Schiff festgemacht hatte, ermordet worden sein«, schloss Kommissarin Winters ihren Bericht.

Als der Kollegin bewusst wurde, dass sie es allein mit 45 potenziellen Verdächtigen zu tun hatte, forderte sie den Ermittler des LKA Kiel an. Solange der KDD personell unterbesetzt war, galt die Unterstützungsklausel des Polizeipräsidenten. Daher durfte sich jetzt Hauptkommissar Reuter mit den Ermittlungen herumschlagen. Bevor er neben den Spezialisten der Rechtsmedizin sowie den Technikern aus dem Kriminallabor zusätzliche Ermittler zur Schleuse beordertete, wollte der Ermittler des LKA sich ein besseres Bild machen.

Die Gäste saßen in dem Salon und mussten ihre Aussagen gegenüber Beamten der Wasserschutzpolizei machen. Solange die Ermittlungen vor Ort anhielten, blieb die große Schleusenkammer für andere Schiffe gesperrt.

»Hallo, Sven? Hast du etwas für mich?«, wandte sich Reuter an Dr. Radtke, den Rechtsmediziner.

»Stumpfes Hirntrauma infolge von Gewalteinwirkung. Der Schlag kam von Links und traf das Opfer überraschend, denn es gibt keinerlei Abwehrspuren«, erwiderte Radtke formell.

»Kommt nur ein gezielter Schlag in Betracht oder eventuell auch ein heftiger Stoß zum Beispiel gegen ein Schott?«, hakte Reuter nach.

Der Blick seines Freundes sprach Bände. Der Hauptkommissar kannte ihn zur Genüge, denn Sven Radtke ließ sich nur ungern auf Spekulationen ein und dennoch verleitete Reuter ihn regelmäßig dazu.

»Du kennst meine Antwort. Ausschließen kann ich es erst nach der Obduktion.«

Der Hauptkommissar ging neben den Toten in die Hocke und betrachtete ihn sehr genau. Richard Schuster war ein gepflegter Mann von etwa 40 Jahren, dessen Kleidung nicht nur vom Wasser beschädigt worden war. Reuter musterte die vielen Risse und schaute hinauf zu einem der Techniker.

»Sind das Folgen des Sturzes oder seines Aufenthaltes im Wasser?«, fragte er und deutete auf die schadhaften Stellen.

»Ein oder zwei vielleicht schon, aber die meisten Risse sind zu sauber, um auf diese Weise entstanden zu sein«, antwortete der Mann im weißen Overall.

Genau diese sauberen Ränder hatten Reuter stutzig gemacht. Kommissarin Winters stieß einen leisen Pfiff aus. Der Hauptkommissar zog Einmalhandschuhe über.

»Jemand hat ihn erschlagen und anschließend die Kleidung aufgeschlitzt? Wozu nur?«, fragte sie verblüfft.

Anstatt seiner jüngeren Kollegin zu antworten, tastete Frank Reuter die Kleidung des Toten gründlich ab und ignorierte die Proteste des Kriminaltechnikers. Dann stieß er auf einen schmalen Reißverschluss neben der Naht des rechten Hosenbeines in Höhe des Oberschenkels. Reuter öffnete ihn und zog gleich darauf einen USB-Stick hervor.

»Verdammt! Wieso haben wir den übersehen?«, stieß der Techniker verärgert hervor.

13. Rätsel-Krimi

Reuter ließ den Stick in eine Beweissicherungstüte fallen, die der Mann aus dem Labor ihm hinhielt. Anschließend nahm der Hauptkommissar sie an sich.

»Ihr hättet ihn später noch gefunden. Ich war im Vorteil, weil ich wusste, wonach ich suchen musste«, erwiderte Frank Reuter.

Dann gingen sie zusammen zu einem Laptop, um sich den Inhalt des USB-Sticks anzusehen. Kommissarin Winters hob bewundernd die Augenbrauen in die Höhe.

»Ich habe einen Abschluss in BWL und verstehe, was dem Controller aufgefallen ist. Fragt sich nur, wieso er die Beweise der Manipulationen auf einem Speicherstick bei sich trug«, stieß sie hervor.

Reuter ließ sich von der Betriebswirtin erzählen, was es mit den Zahlenkolonnen auf sich hatte.

»Jemand in der Niederlassung hat für ein Projekt viel mehr abgerechnet, als in Wirklichkeit an Kosten angefallen sind. Anschließend wurde das Geld auf ein Konto nach Liechtenstein transferiert. Bis die Herrschaften uns darüber Auskunft erteilen, werden Wochen vergehen und der Mörder lacht sich ins Fäustchen«, sagte Sina Winters.

Innerhalb der nächsten halben Stunde hatten sie ermittelt, welche Personen an Bord solch eine Manipulation überhaupt hätten vornehmen können. Neben den Niederlassungsleiter kamen noch der Prokurist Enno Lüdke sowie die Projektleiterin Gabriele Förster in Betracht.

»Lassen wir uns zunächst von Herrn Ulmen berichten, was er unmittelbar vor der Ankunft in der Schleuse gemacht hat«, schlug Hauptkommissar Reuter vor.

Der Niederlassungsleiter stellte seine private und berufliche Situation als völlig normal hin, obwohl Kommissarin Winters bereits anderslautende Auskünfte eingeholt hatte. In Wahrheit lebte Ulmen weit über seinen Verhältnissen und es standen für ihn ungünstige Umstrukturierungen in der Firmengruppe bevor. Mit Mitte 50 hatte er eher schlechte Aussichten auf eine adäquate Neuanstellung.

»Haben Sie Ihrer Familie bereits mitgeteilt, dass Sie ab dem kommenden Monat arbeitslos sein werden?«, fragte Reuter daher sehr direkt.

Ulmen wurde bleich und sackte förmlich in sich zusammen. Mehr als ein leichtes Kopfschütteln war als Antwort nicht zu bekommen. Sein Alibi war so schwach, wie sein wirtschaftliches Motiv stark war. Ulmen war angeblich zwischen dem Deck im Freien und dem Salon gependelt. Lediglich der Barkeeper erinnerte sich daran, dass der Niederlassungsleiter regelmäßig doppelstöckige Whiskys geholt hatte. Reuter und Winters gingen hinüber zu dem Tisch, an dem Enno Lüdke saß. Der Prokurist nahm die Eröffnung der veruntreuten Gelder mit erstaunlicher Gelassenheit auf.

»Stört es Sie nicht in Ihrem beruflichen Selbstverständnis, wenn jemand in Ihrer Firma so viel Geld unterschlägt?«, fragte Hauptkommissar Reuter nach.

Als Lüdke nach seinem halbvollen Glas griff, stieß er es vom Tisch. Er entschuldigte seine Ungeschicklichkeit mit dem Hinweis auf eine verloren gegangene Kontaktlinse. Kommissarin Winters nahm den Seitenblick von Reuter auf und fragte bei den Kollegen des Prokuristen nach. Währenddessen konfrontierte Reuter ihn mit seinem Wissen über Lüdkes Leidenschaft für Prostituierte. Der Prokurist war anscheinend Stammgast in einschlägigen Bars auf dem Hamburger Kiez und dort bereits mehrfach in Personenkontrollen der Polizei geraten.

»Na und? Ich bin geschieden und kann tun, was ich will«, empörte Lüdke sich.

Hauptkommissar Reuter wusste aber auch, dass dabei der größte Teil des Einkommens draufging. Zum Leben blieb dem Mann nur wenig übrig. Als Kommissarin Winters sich dem Tisch näherte, erhob Reuter sich und führte sie weiter zum Sitzplatz von Gabriele Förster. Die Projektleiterin wirkte sehr

13. Rätsel-Krimi

in sich gekehrt und sprach mit leiser Stimme. Sie würde in drei Wochen ihren 30. Geburtstag feiern und lebte immer noch bei ihren Eltern in Stade, die dort ein Feinkostgeschäft unterhielten.

»Ohne meine monatlichen Zuschüsse müssten sie bald zumachen. Die wirtschaftliche Lage wird von Jahr zu Jahr immer schlimmer«, schilderte Gabriele Förster die angespannte Situation.

»Nach diesem Projekt geht es doch sicherlich für Sie weiter, oder?«, erkundigte sich Reuter.

Förster senkte den Kopf und hob dann die schmalen Schultern an. »Ich habe nur einen Zeitvertrag für die Dauer des jeweiligen Projekts. Noch steht nicht fest, ob es weitergeht und wenn ja, wo«, antwortete sie schließlich.

Auf Kommissarin Winters Frage, wo die Ingenieurin sich unmittelbar vor der Schleusung aufgehalten hatte, erhielt sie eine unerwartete Antwort.

»Mir ging es nicht sehr gut. Ich weiß, es klingt albern, aber im Kanal litt ich unter Seekrankheit«, erklärte Förster.

Sie hatte den gutmütigen Bootsmann gefragt, ob sie sich irgendwo hinlegen könne.

»Er hat mir seine Kammer überlassen, wofür ich ihm sehr dankbar bin«, sagte die Ingenieurin.

Reuter und Winters suchten anschließend den Bootsmann auf, der die Aussage bestätigte. Er hatte zweimal nach Frau Förster geschaut und sie schlafend vorgefunden. Der erfahrene Seemann zeigte ohne Weiteres seine Kammer vor, in der neben einer Pritsche auch ein Stahlschrank stand. Darin befand sich ein Werkzeugkasten, in dem Reuter zwei schwere Hammer sowie große Maulschlüssel entdeckte.

»Sie nutzen die Kammer für sich, um zum Beispiel die Rasur aufzufrischen?«, erkundigte sich der Hauptkommissar und deutete auf den Nassrasierer auf der Konsole im Badezimmer.

»Ja, da viele Touren hintereinander erfolgen, fehlt die Zeit, es an Land zu erledigen. Manchmal übernachte ich auch an Bord und deswegen habe ich immer frisches Rasierzeug dabei«, bestätigte der Bootsmann und holte eine Dose mit Rasierschaum aus einem Schrank, in dem ebenfalls eine Packung mit Ersatzklingen sowie ein Deodorant standen.

»Damit haben Sie uns sehr geholfen«, dankte der Hauptkommissar.

Er kehrte mit Kommissarin Winters zurück auf das hintere Deck, wo Dr. Radtke soeben den Abtransport des Leichnams beaufsichtigte.

»Na, habt Ihr euren Mörder schon?«, fragte er.

»Es gibt schwerwiegende Indizien, die auf eine verdächtige Person hindeuten«, antwortete Frank Reuter und entlockte damit seiner Kollegin einen überraschten Ausruf.

Wen hat der Hauptkommissar in Verdacht?

Die Schnitte an der Kleidung wiesen saubere Ränder auf, so wie sie beim Einsatz von Rasierklingen entstehen. Lediglich Gabriele Förster und der Bootsmann hatten Zugang dazu. Doch nur die Ingenieurin verfügt auch über ein passendes Motiv. Vermutlich hat sie den Controller in die Nähe der Kammer gelockt, wo sie mit den Rasierklingen seine Kleidung aufschnitt auf der Suche nach dem Stick.

Lösung: 13. Rätsel-Krimi

14. Rätsel-Krimi

HEIKENDORFER KONKURRENZKAMPF

Der böige Nordostwind brachte die Fischerboote zum Tanzen und ließ das Geschirr an Bord leise klirren. Hauptkommissar Reuter zog den Reißverschluss seiner Windjacke bis unters Kinn, während er dem Bericht seines Kollegen lauschte.

»So etwas hatten wir hier in Heikendorf noch nie«, schimpfte Kommissar Kuddel Hansen.

Er war ein echtes Original, und selbst bis ins LKA war sein Ruf als besonders tüchtiger Ortspolizist gedrungen. Er nannte sich zwar Dorfsheriff, doch das war ein von den Heikendorfern verliehener Ehrentitel.

»Der mobile Imbiss von Herrn Kallesen hat also nur kurze Zeit unbeaufsichtigt auf der Mole gestanden und genau in dieser Zeit haben die Vandalen zugeschlagen?«, hakte Frank Reuter nach.

Sie waren am dem demolierten Verkaufswagen angekommen. Die Scheiben waren alle eingeschlagen worden und es stank bestialisch nach Buttersäure, sodass Reuter sich hastig ein Tuch vor die Nase hielt.

»Jan Kallesen wollte nachsehen, woher der Rauch kam. Einer der Abfallbehälter am Kopf der Mole brannte. Nachdem Kallesen das Feuer gelöscht hatte, kehrte er zurück zu seinem Imbisswagen und entdeckte die Sauerei«, berichtete Kuddel Hansen.

Der weit über Heikendorf hinaus bekannte Jan Kallesen stand mit finsterer Miene ein Stück abseits. Ein Beamter der Wasserschutzpolizei sprach leise mit ihm und versuchte den Geschädigten offenbar zu besänftigen.

»Herr Kallesen hat sofort einen konkreten Verdacht geäußert. Gibt es Anhaltspunkte für seine Vermutungen?«, wollte Reuter wissen und wich endgültig vor dem beißenden Gestank zurück.

14. Rätsel-Krimi

Der Imbissbetreiber sah in einigen Fischern die Anstifter oder sogar die Täter. Er wiederholte mehrere Namen, kaum dass Hansen und Reuter zu ihm kamen.

»Das war entweder Fiete oder seine beiden Jungs. Dumm wie ein Stück Brot und das ist noch eine Beleidigung fürs Brot!«, polterte der kräftig gebaute Kallesen los.

Er war selbst viele Jahre als Fischer unterwegs gewesen, doch seit zwei Jahren verdiente er seinen Lebensunterhalt als Inhaber einer mobilen Imbissbude; und das mit einigem Erfolg.

»Hauptkommissar Reuter vom LKA. Sie haben sich anscheinend verletzt, als Sie noch einige Gegenstände aus dem Wagen retten wollten.« Der Ermittler deutete auf die roten Striemen an der linken Hand von Kallesen.

Der warf einen knappen Blick darauf und schnaubte nur. »Nicht schade um den vermaledeiten Grill. Jedes Mal habe ich mir meine Flossen daran verbrüht«, erwiderte er und schickte eine Serie von bösen Flüchen hinterher.

Reuter wollte genau wissen, warum Kallesen ausgerechnet Fiete Harms oder dessen Söhne als Täter in Verdacht hatte.

»Ganz einfach, Herr Kommissar. Fiete verkauft seinen angeblichen Fang immer direkt vom Kutter aus, so wie die meisten ehrlichen Fischer. Nur seine Ware ist oft vom Vortag, und seitdem die Leute das gemerkt haben, kommen sie lieber zu meinem Imbiss. Dort gibt es nämlich nur erstklassige Ware, die ich bei Fietes Konkurrenz einkaufe«, schilderte er den Hintergrund seiner Vermutung.

Tatsächlich konzentrierte sich der Anfangsverdacht vorerst auf diese Fischerfamilie. Als Hauptkommissar Reuter sich nach Fiete Harms und dessen Söhnen erkundigte, verwies ihn ein Bootsnachbar in die Memelstraße.

»Wir fahren hin und befragen Harms sowie seine Söhne«, entschied der Ermittler kurzerhand. Reuter hatte längst erkannt, warum Kommissar Hansen ihn zur Unterstützung angefordert hatte. Als Ortspolizist saß er regelrecht zwischen den Stühlen und war offenbar von der eigenen Objektivität nicht zu hundert Prozent überzeugt. Als der Streifenwagen hinter einem Kleintransporter auf der Einfahrt zum Einfamilienhaus von Fiete Harms anhielt, traten zwei kräftig gebaute Männer aus der Haustür. Sie stellten sich neben den Transporter und verschränkten abweisend die muskulösen Arme vor der Brust.

»Links, der mit den braunen Haaren, ist Arne. Er ist der ältere Sohn von Fiete. Sein Bruder heißt Lutz und ist ein wenig langsam im Kopf«, erklärte Kuddel Hansen, bevor sie ausstiegen.

Die beiden Ermittler blieben vor den jungen Fischern stehen.

»Hauptkommissar Reuter. Ich suche die Täter, die den Imbisswagen von Jan Kallesen beschädigt haben.«

»Davon wissen wir nichts. Aber lieber faule Eier als alter Fisch, nicht Arne?«, stieß Lutz Harms mit einem meckernden Lachen hervor.

Sein älterer Bruder warf Lutz einen warnenden Seitenblick zu. Arne machte seinem Vater Platz, der sich zwischen seinen Söhnen hindurchschob. Reuter registrierte die roten Striemen an Arnes rechter Hand, der sie aber sofort in die Hosentaschen stopfte.

»Moin, Fiete. Hauptkommissar Reuter muss die Täter suchen, die Jans Wagen demoliert haben«, erklärte Kommissar Hansen.

»Selbst schuld, wenn er seine alten Kollegen um die Kundschaft bringt«, knurrte Fiete ungerührt.

»Sie waren mit Ihren Jungs zusammen auf See?«, fragte Reuter.

Fiete Harms schwor Stein und Bein, dass sie zuerst zum Fischen draußen gewesen waren, und nachdem sie den Kutter sauber gemacht hatten, alle zusammen nach Hause gefahren wären. Frank Reuter deutete auf den Transporter.

14. Rätsel-Krimi

»Damit?«, wollte er wissen.

Harms nickte. Reuter öffnete die hinteren Türen und warf einen Blick auf die Gegenstände auf der Ladefläche. Neben Seilen, Netzen und Transportkästen für Fisch fand der Hauptkommissar auch eine Packung eingeschweißter Bratwürste. Laut Aufschrift handelte es sich um 20 Stück Original Bratwürste Thüringer Art, die nur noch kurz in die heiße Pfanne geworfen werden mussten. Reuter wandte sich an Lutz, der ihm am nächsten stand.

»Sie mögen Thüringer Bratwurst vermutlich besonders gerne, richtig?«, fragte er.

»Ja, man kann ja nicht immer Fisch essen«, antwortete der junge Fischer trotzig.

Reuter nickte verstehend und schloss die Türen wieder. Lediglich die Packung Bratwurst behielt er in der Hand.

»Sie bleiben also dabei, dass Sie und Ihre beiden Söhne zusammen mit dem Transporter direkt vom Hafen hierher gefahren sind?«, wiederholte der Hauptkommissar seine vorherige Frage.

Fiete Harms setzte bereits zu einer Erwiderung an, als Kommissar Hansen sich einmischte.

»Sonst fährst du doch immer mit deinem Motorroller. Ist der kaputt oder wieso bist du im Lieferwagen mitgefahren?«, fragte er.

Daraufhin korrigierte der Fischer seine Aussage, nicht ohne Kuddel Hansen einen bitterbösen Blick zu schicken. Hauptkommissar Reuter lächelte kühl.

»Das war mir auch so schon klar, Herr Harms. Es steht außer Frage, dass Ihre Söhne für die Zerstörung des Imbisswagens verantwortlich sind. Sie haben sich längst selbst verraten«, stellte er dann fest.

Die beiden jungen Fischer schauten den Hauptkommissar verdattert an, während ihr Vater leise zu fluchen begann.

14. Rätsel-Krimi

Womit haben Arne und Lutz Harms ihre Täterschaft verraten?

Lösung: 14. Rätsel-Krimi

Arne Harms hat die gleichen Brandverletzungen wie Jan Kallesen, die von dem speziellen Grill stammen. Als weiteres belastendes Indiz kann man die Großpackung noch eingeschweißter Bratwürste nach Thüringer Art ansehen, die so nicht im üblichen Handel zu erwerben sind.

15. Rätsel-Krimi

KEINE ABWEHRSPUREN IN MÖNKEBERG

Die Straßen in dem beschaulichen Mönkeberg waren nur teilweise vom Schnee befreit worden. Kommissar Frank Reuter kannte das Dorf unweit von Kiel sehr gut und hatte dessen Veränderung bewusst miterlebt. Viele junge Familien hatte es hierher gezogen, da es nicht weit in die Landeshauptstadt war.

»Moin«, grüßte Reuter.

Zwei Streifenwagen standen vor dem modernen Einfamilienhaus im Quedensweg. Der Obermeister, der die wenigen Schaulustigen vom Haus fernhielt, erwiderte den Gruß mit einem knappen Nicken. Sein Gesicht war von der Kälte gerötet. Der Weg zur Haustür war genauso wie der Fußsteig gefegt worden. In Mönkeberg lebten Menschen, die ihre Pflichten mit großer Ernsthaftigkeit erfüllten. Nach einem abschließenden Blick auf den Verkaufswagen eines fliegenden Händlers, der mit frischen Brötchen und Fleisch eines regionalen Metzgers warb, betrat Reuter den Flur.

»Kommissar Reuter? Gut, dass Sie kommen«, nahm ihn ein stämmiger Polizeihauptmeister in Empfang. Er führte den erfahrenen Ermittler des LKA Kiel in die Küche. Dort saßen ein Mann von etwa 40 Jahren und eine deutlich jüngere Frau am Esstisch. Aus den Tassen vor ihnen dampfte es und das Aroma von frischem Kaffee erfüllte die Küche.

»Das ist Leif Brehmer. Er hat seine Frau gefunden, nachdem er vom Schneeräumen zurück ins Haus kam«, sagte Hauptmeister Mommsen.

Der Mann erwiderte den Blick des Kommissars aus geröteten Augen. Mommsen deutete auf die junge Frau neben Brehmer.

»Das ist Lisa Horstmann. Sie versorgt die Menschen in den Dörfern mit Lebensmittel und Zeitungen«, sagte er.

Sie war auf ihrer üblichen Tour gewesen und hatte wie immer auch am Haus der Familie Brehmer gehalten. Lisa

15. Rätsel-Krimi

Horstmann stellte nach den Wünschen von Leif Brehmer den Einkauf zusammen und hatte die Einladung auf eine Tasse Kaffee gerne angenommen.

»Ich wunderte mich, dass Elke nicht unten war. Als ich hinauf ins Schlafzimmer ging, lag sie tot im Bett«, ergriff Brehmer erstmals das Wort.

Sein erschreckter Ausruf hatte Lisa Horstmann veranlasst, nach dem Rechten zu sehen. Sie war es auch, die den Notruf abgesetzt hatte.

»Dr. Fiegler hat Bereitschaft und da er selbst in Mönkeberg lebt, kam er innerhalb weniger Minuten hier an«, erklärte Hauptmeister Mommsen. Er und sein Kollege trafen wenige Minuten später im Quedensweg ein, da sie zum Zeitpunkt der Alarmierung in Heikendorf gewesen waren. Kommissar Reuter hörte sich alles in Ruhe an, bevor er hinauf ins Schlafzimmer ging. Dort stand ein Mann in seinem Alter am Fenster und starrte hinaus. Als er die Schritte vernahm, drehte er sich um und stellte sich als Dr. Fiegler vor.

»Was können Sie mir jetzt schon verraten?«, fragte Reuter.

Während der Arzt seinen Bericht abgab, nahm Reuter einen schwachen Geruch von Mandeln war. Sein Blick ging vom schmerzverzerrten Gesicht der Toten über den Nachttisch, auf dem eine Tasse samt Unterteller stand. Jemand hatte die aktuelle Ausgabe einer Boulevardzeitung als Unterlage genutzt.

»Haben Sie Zweifel daran, dass wir es mit einem Selbstmord zu tun haben?«, hakte Reuter nach.

Dr. Fiegler konnte keine Abwehrverletzungen bei Frau Brehmer entdecken und ging daher weiter von einer Selbsttötung aus. Kommissar Reuter näherte sich vorsichtig dem Bett und roch an der Tasse. Der bittere Kaffeeduft übertünchte den Bittermandelgeruch nicht völlig.

»Wie gut kennen Sie Lisa Horstmann?«, fragte er.

Dr. Fiegler lebte selbst in Mönkeberg und kannte daher die Menschen, die dort lebten oder regelmäßig verkehrten.

15. Rätsel-Krimi

»Sie wohnt und arbeitet zwar noch bei den Eltern, soll aber einen Freund haben. Kennen tue ich den allerdings nicht. Sie macht ein großes Geheimnis daraus, vermutlich weil er verheiratet ist«, lautete seine Auskunft.

Reuter trat zurück, warf einen abschließenden Blick in die Runde und dankte dem Arzt. Dann zog er sein Handy aus der Tasche und wählte die Nummer der Bäckerei Horstmann in Schönkirchen. Wie erwartet, stand der Vater von Lisa Horstmann seit Stunden in der Backstube und meldete sich nach wenigen Freizeichen. Kommissar Reuter erkundigte sich, ob es in seiner Backstube oder Vorratskammer eventuell Probleme mit Nagetieren gab. Der erstaunte Bäckermeister bestätigte dies. Kommissar Reuter ignorierte die Gegenfragen und kehrte zurück in die Küche.

»Herr Mommsen? Verständigen Sie bitte die Kollegen der Spurensicherung und sorgen dafür, dass der Leichnam von Frau Brehmer ins Rechtsmedizinische Institut überführt wird«, bat er den Hauptmeister.

Der schaute den Kommissar verblüfft an, während sich die Miene der Frau neben Leif Brehmer versteinerte.

»Sie haben den Mord begangen, Frau Horstmann. Vermutlich um endlich freie Bahn bei Ihrem Geliebten zu haben«, erklärte Reuter ihr.

Was war dem Kommissar aufgefallen?

Lösung: 15. Rätsel-Krimi

Unter der Kaffeetasse lag die aktuelle Ausgabe einer Boulevardzeitung, die Lisa Horstmann mitgebracht hat. Außerdem verfügte sie als Einzige über ein Gift auf Basis von Zyankali, da dies im Betrieb ihres Vaters eingesetzt wurde.

16. Rätsel-Krimi

KIELER EISVERGNÜGEN

Wie jeden Winter hatte die Stadt auf dem Platz vorm alten Rathaus eine künstliche Eisfläche angelegt. Bei strahlendem Sonnenschein zog es seit zwei Tagen Tausende hierher, die bei fetziger Begleitmusik ihre Runden auf dem Eis drehten. Hauptkommissar Reuter stand am Rand der Fläche und schaute nachdenklich auf die kleinen Tafeln der Spurensicherung. Zeugen der Tat wurden ein wenig abseits von seinen Kollegen vernommen, während der Ermittler des LKA sich einen allgemeinen Eindruck der Szenerie verschaffte.

»Helge Steffens arbeitete dort drüben bei der Bank. Er ist Leiter der Baufinanzierung und scheint ein ganz normaler Bürger gewesen zu sein«, erklärte Kommissarin Rana Schami und klappte dann ihren Notizblock zu.

»So normal, dass ihn jemand absichtlich betrunken gemacht und den tödlichen Unfall verursacht hat?«, entgegnete Reuter.

Ihre Blicke trafen sich. Die Kommissarin verfügte über genügend Erfahrungen mit Tötungsdelikten, um die Widersprüche zwischen der Tat und ihren Ausführungen zu Helge Steffens zu erkennen. Nach Zeugenaussagen war der Bankkaufmann ein passionierter Schlittschuhläufer gewesen, der jede Mittagspause nutzte, um ein paar Runden auf der Eisfläche zu drehen.

»Jeder in der Bank kannte seine Leidenschaft und heute waren sogar Kollegen auf dem Eis oder bei den Getränkebuden, die normalerweise nicht hierherkommen«, ergänzte Schami und schaute zu der Gruppe von Bankkaufleuten.

Die beiden Ermittler waren vor 20 Minuten am Rathausmarkt eingetroffen, nachdem einer der Streifenbeamten erste Zweifel an der Unfallursache äußerte. Die Kollegen vom Kriminaldauerdienst waren alle im Einsatz, weshalb das LKA in die Bresche sprang. Der Notarzt konnte nach seinem Eintreffen

16. Rätsel-Krimi

nur noch den Tod von Helge Steffen feststellen und erwähnte einen starken Alkoholgeruch am Toten. Der Polizeibeamte stutzte, da er von einem Kollegen des Opfers einen Hinweis auf eine Alkoholintoleranz erhalten hatte. Das genügte dem Beamten, um die Kriminalpolizei anzufordern.

»Ich möchte zuerst mit dem Kollegen sprechen, der den Hinweis mit der Stoffwechselerkrankung gegeben hat«, forderte Hauptkommissar Reuter.

Zwei Minuten später stand ihnen Bastian Freiwald gegenüber. Er war als Kreditsachbearbeiter bei der Bank beschäftigt und seit vielen Jahren ein Kollege des Opfers.

»Wir haben oft Witze darüber gemacht, dass Helge nicht einmal einen Schluck Sekt verträgt. Jeder kannte sein Problem, auch wenn einige ihn gerne hinter seinem Rücken als heimlichen Alkoholiker titulierten«, erklärte Freiwald und schüttelte immer wieder den Kopf. Der Tod von Steffens ging ihm offenkundig sehr nahe.

»Warum haben Sie es vorhin ausdrücklich gegenüber unseren Kollegen erwähnt? Hatten Sie da bereits einen Verdacht?«, wollte Reuter wissen.

Freiwald druckste ein wenig herum, bevor er mit der Sprache herausrückte.

»Helge war ein hervorragender Schlittschuhläufer müssen Sie wissen. Vorhin sah es aber viel mehr so aus, als wenn er sich kaum auf den Beinen halten konnte. Außerdem war sein Gesicht dunkelrot angelaufen, genauso wie damals auf der Geburtstagsfeier von Elke Brehmer«, gab er schließlich die gewünschte Auskunft.

Vor acht Monaten hatte die Kollegin aus der Kreditkartenabteilung auf ihrer Geburtstagsfeier dem Opfer heimlich einen Schuss Wodka in den Orangensaft gefüllt. Bereits nach wenigen Augenblicken zeigte Helge Steffens auffällige Symptome, an die sich Bastian Freiwald heute wieder erinnert fühlte.

»Helges Gesicht nahm die Farbe überreifer Tomaten an und seine Bewegungen wurden unkontrolliert«, erklärte er und schaute dabei finster zu einer Gruppe von drei Frauen hinüber.

»Frau Brehmer ist auch hier?«, erkundigte sich Kommissarin Schami.

»Ja sie steht da drüben. Es ist die füllige Frau mit dem roten Mantel und den albernen Ohrenschützern«, antwortete Freiwald und zeigte auf die eine Frau in der Gruppe.

Die beiden Ermittler dankten ihm und wandten sich an Frau Brehmer. Sie und ihre beiden Kolleginnen schauten fasziniert auf eine sehr junge Frau, die von einem Rettungssanitäter gestützt werden musste. Frank Reuter blickte von den auffälligen Ohrschützern aus weißen Plüsch auf die passenden Handschuhe. Als die Bankkauffrau ihre Hände in die Taschen des roten Mantels schob, blitzte kurz er ein roter Fleck auf. Sie versuchte den Hals einer Glasflasche tiefer in die Tasche zu schieben, wie Reuter bemerkte.

»Arme Tanja. Es hat sie schwer getroffen«, murmelte Elke Brehmer. Ihr Tonfall klang verdächtig nach Häme.

»Hauptkommissar Reuter und das ist meine Kollegin, Kommissarin Schami. Wie haben Sie den tödlichen Unfall erlebt, Frau Brehmer?«

Drei Augenpaare musterten den hoch gewachsenen Hauptkommissar, nachdem sie die orientalisch wirkende Kommissarin mit abschätzigen Blicken bedacht hatten.

»Wir haben dort drüben an der Bude einen Punsch getrunken. Auf einmal fuhr der Steffens wie bescheuert übers Eis und dann krachte er in die Bande. Dabei hat er sich dann wohl das Genick gebrochen«, erklärte Brehmer ungerührt. Ihre Stimme war bar jeden Mitgefühls und sie gab sich keine Mühe, ihre Abneigung gegenüber dem Opfer zu verbergen.

Ihre beiden Freundinnen nickten zustimmend, wobei die ältere von ihnen bei den Worten leicht zusammenzuckte. Ihr missfiel anscheinend der Tonfall, ohne dass sie es offen aus-

16. Rätsel-Krimi

sprach. Reuter schaute auf die vier Becher, die auf dem Stehtisch bei den Frauen standen. Sie waren dunkelrot und trugen den Schriftzug ›Kieler Eisvergnügen‹.

»Wem gehört welcher Becher?«, fragte er.

Elke Brehmer und die beiden Kolleginnen von ihr deuteten auf die jeweiligen Becher.

»Wir trinken während der Arbeitszeit keinen Alkohol. Das scheint sich bei den Praktikanten allerdings noch nicht herumgesprochen zu haben«, erwiderte die füllige Frau im roten Mantel.

Hauptkommissar Reuter roch am Inhalt der vierten Tasse und nahm den Alkoholgeruch wahr. Anschließend erkundigte er sich bei den beiden Mitarbeitern am Punschstand, die allerdings die Angaben von Elke Brehmer bestätigten.

»Ja, sie und die beiden älteren Frauen tranken Punsch ohne Schuss. Es gibt natürlich auch Kunden, die den Schnaps in einem Flachmann mitbringen, um so den höheren Preis zu vermeiden«, erklärte die Angestellte.

Anschließend gingen Kommissarin Schami und Hauptkommissar Reuter zu dem Rettungswagen, in dem Tanja Weyden vom Rettungssanitäter versorgt wurde. Die junge Blondine hatte ein leichtes Beruhigungsmittel bekommen, da sie fast einen Nervenzusammenbruch erlitten hatte.

»Ich wusste es wirklich nicht, Herr Hauptkommissar«, schwor Weyden, kaum dass er sich vorgestellt hatte.

Mit einiger Mühe gelang es den beiden Ermittlern eine zusammenhängende Aussage von der Praktikantin zu erhalten. Sie war eine genauso leidenschaftliche Schlittschuhläuferin wie Helge Steffens und hatte ihn immer während der Mittagspausen und einige Male nach Dienstschluss auf den Rathausmarkt begleitet.

»Wir haben meistens nur kurze Pausen gemacht und dann einen Punsch ohne Alkohol getrunken. Heute haben wir uns einen Becher geteilt. Das war kurz bevor Herr Steffens auf einmal die Kontrolle verlor und mit hoher Geschwindigkeit gegen die Begrenzung fuhr«, erklärte Tanja Weyden.

Als Reuter ihr erklärte, dass in dem Becher dieses Mal auch Alkohol gewesen war, senkte sie betroffen den Kopf.

»Das wusste ich nicht. Ehrlich, Herr Reuter. Ich habe selbst noch nicht daraus getrunken, sonst wäre es mir aufgefallen«, versicherte sie voller Inbrunst.

Als der Hauptkommissar den Rettungssanitäter danach fragte, wiegte der unsicher mit dem Kopf.

»Mit Sicherheit könnte es erst eine Blutanalyse zeigen. Ich glaube aber nicht, dass die Patientin Alkohol getrunken hat«, sagte er.

Hauptkommissar Reuter und Kommissarin Schami schlenderten davon und hingen schweigend ihren Gedanken nach. Auf einmal blieb der Ermittler des LKA stehen und schaute mit grimmiger Miene hinüber zu der Eisfläche.

»Jetzt weiß ich vermutlich, wie es tatsächlich abgelaufen ist«, stellte Reuter fest.

Frau Brehme hatte einen roten Fleck am linken Handschuh, der vermutlich vom Punsch herrührte. Sie nutzte das gute Verhältnis zwischen Tanja Weyden und Helge Steffens aus, um dem Kollegen erneut einen bösen Streich zu spielen. In einem unbemerkten Augenblick schenkte sie aus dem mitgeführten Flachmann einen Schuss Wodka in den Punsch der Praktikantin, die ihn unwissentlich an Steffens weiterreichte.

17. Rätsel-Krimi

FEUERTEUFEL IN KIEL-METTENHOF

Kommissar Reuter hatte sich zuerst den Keller im Hochhaus an der Helsinkistraße angesehen. Das Feuer war in drei Räumen gleichzeitig ausgebrochen und eindeutig auf Brandstiftung zurückzuführen. Nicht der erste Brand in Mettenhof und doch einer mit besonderer Wirkung. Der Hausmeister, ein sichtlich aufgeregter Mann mit türkischen Wurzeln, führte Reuter durch den Keller.

»Ich renoviere diesen Bereich seit zwei Wochen und nun ist die ganze Arbeit zerstört worden«, schimpfte er.

Der Kommissar löste den Blick von den verrußten Wänden. Was das Feuer nicht vernichtet hatte, fiel dem massiven Einsatz von Wasser zum Opfer. Anhand einiger Reste konnte Reuter noch das freundliche Blau erkennen, mit dem der Hausmeister die Verschönerung der Räume vorgenommen hatte. »Warum haben Sie den Kollegen von der Streife gegenüber angegeben, dass Sie die Jugendlichen aus Russland für die Brandstifter halten?«, fragte Kommissar Reuter.

Der Stadtteil Mettenhof hatte immer noch einen schlechten Ruf in Kiel. Trotz großer Anstrengungen aller Seiten galt er als sozialer Brennpunkt. In den vielen Hochhäusern lebten Menschen aus den Staaten des Balkans, Vorderasiens genauso wie der ehemaligen Sowjetunion. Dazu kamen Flüchtlinge aus Afrika und einige Deutsche. Für junge Menschen sah die Zukunft oft eher düster aus, und das führte zu erheblichen Spannungen der ethnischen Gruppen. Der Vorwurf des Hausmeisters kam daher für Kommissar Reuter wenig überraschend. Es sollte um unerwünschte Beziehungen gehen. Russische Teenagerinnen wurden angeblich von Deutschen und Türken intim ausgenutzt. Ein Spannungsfeld, aus dem Reuter sich liebend gern herausgehalten hätte.

»War einer der Jugendlichen im Keller, als Sie das Feuer entdeckten?«, fragte er.

17. Rätsel-Krimi

»Nein. Ich war nur kurz in mein Lager gegangen, um neue Farbe zu holen. Als ich zurückkehrte, quoll bereits Rauch unter der Tür durch«, erwiderte der Hausmeister.

Er hatte umgehend die Feuerwehr angefordert, die kurz nach der Polizei eintraf und das Feuer schnell unter Kontrolle bekam. Außer Sachschaden war nichts passiert. Kommissar Reuter warf einen abschließenden Blick in den Kellergang und verließ danach das Haus in der Helsinkistraße. Die Kollegen der Streife hatten die unter Verdacht stehenden Jugendlichen zu Hause abgeholt und in einen neutralen Raum der AWO gebracht. Als Reuter das Stadtteilcafé betrat, spürte er sofort die angespannte Atmosphäre.

»Wir haben einige Mühe, die Hitzköpfe unter Kontrolle zu halten«, sagte ein Polizeiobermeister.

Insgesamt saßen acht junge Männer im Alter zwischen 16 und 19 Jahren in zwei getrennten Gruppen an den Tischen. Der Kommissar schaute in die Gesichter der Teenager. Im hinteren Bereich des Raumes hatten sich fünf von ihnen um zwei Tische versammelt. Vier uniformierte Beamte standen im Gang und behielten sie genauso aufmerksam wie die drei jungen Männer an einem der anderen Tische im Auge. Giftige Blicke flogen zwischen den beiden Gruppen hin und her.

»Kommissar Reuter. Ich suche den- oder diejenigen, die das Feuer in der Helsinkistraße gelegt haben.«

Auf beiden Seiten wurden wilde Anschuldigungen ausgestoßen. Reuter ließ die jungen Männer gewähren. Seine Blicke wanderten über ihre wütenden Gesichter, er lauschte den Anschuldigungen und musterte dann ihre Kleidung. Reuter erinnerte sich an die Worte des Hausmeisters.

»Einer von ihnen war im Keller«, sagte er.

Der Kommissar sprach in normaler Lautstärke und sorgte damit für einkehrende Ruhe. Reuter trat zu dem Tisch mit den drei Deutschen, die ihn nervös anschauten. Er ließ sich von den finsteren Mienen nicht täuschen. Der junge Mann mit den rotblonden Haaren ganz links am Tisch legte lässig seine Füße auf den Tisch. Reuter erkannte beige Sohlen mit einigen blauen Flecken.

»Sie waren es«, sagte Reuter.

Der Kopf des Teenagers ruckte hoch. Flammende Röte stieg in seinem Gesicht auf.

»Ich war seit Tagen nicht mehr in dem Keller!«, protestierte er entschieden.

Kommissar Reuter schüttelte mit einem müden Lächeln den Kopf.

»Ihre Schuhe sagen etwas anderes«, erwiderte er.

Was meint Reuter damit?

Lösung: 17. Rätsel-Krimi

Der Hausmeister hat die Kellerräume mit blauer Farbe gestrichen. Der Junge mit den rotblonden Haaren hat blaue Farbe unter seinem Schuh, muss also kurz vorher dort gewesen sein.

18. Rätsel-Krimi

TÖDLICHES ERWACHEN IN KALIFORNIEN

Der Weg von Kiel nach Kalifornien war kürzer, als es viele annehmen würden. Kommissar Reuter steuerte seinen Passat über die schmale Straße, bis er die Streifenwagen entdeckte. Das Auto der Rechtsmedizin stand in der Auffahrt des Ferienhauses direkt neben dem Tatort. In Schönberg an der Ostsee hielten sich über Pfingsten bereits viele Touristen für einen Kurzurlaub auf.

»Das ist eine sehr merkwürdige Geschichte«, hatte Hauptmeister Franzen am Telefon gesagt. Er hatte den Kollegen des LKA aus Kiel um Unterstützung gebeten.

Die Nacht über hatte es zwar geregnet, aber mittlerweile hatte die Sonne bereits wieder das Kommando am hellblauen Himmel übernommen. Reuter parkte und warf einen prüfenden Blick auf die Schaulustigen, die hinter die Absperrbänder verbannt worden waren. Hauptmeister Franzen erwartete Reuter im Flur des Ferienhauses. Er drückte dem Kommissar blaue Überzieher für seine Schuhe in die Hand, bevor er Reuter hinüber in das Schlafzimmer begleitete. In dem zerwühlten Bett lag eine nackte männliche Leiche auf dem Rücken. Der Rechtmediziner führte soeben die Leichenschau durch. Reuter begrüßte Sven Radtke mit einem flüchtigen Gruß. Sein Verstand nahm bereits die vielfältigen Details auf und sortierte sie für sich nach Wichtigkeit.

»Es gibt keinerlei Einbruchspuren. Der Mann wiegt rund 90 Kilogramm und wurde mit einem stumpfen Gegenstand erschlagen. Die geplatzten Äderchen deuten auf ein massives Schädel-Hirn-Trauma hin«, erklärte Radtke.

Reuter musterte die beiden Kopfkissen und drehte sie vorsichtig um. Er konnte mit bloßem Auge keine verdächtigen Anhaftungen ausmachen. Nachdenklich legte er die Kissen zurück und trat an das kleine Fenster. Rechts daneben stand eine Art Schminkkommode, auf der eine Brieftasche sowie

18. Rätsel-Krimi

Autoschlüssel lagen. Reuter untersuchte mit Latexhandschuhen den Inhalt der Brieftasche. Für einige Sekunden betrachtete er ein Schreiben vom Amtsgericht. Es handelte sich um einen Termin in der Scheidungssache Mackert gegen Schultze. Dabei rieselten einige dunkle Krümel auf den gewachsten Holzfußboden. Er ging in die Hocke und schaute sie sich an, ohne sie aufzulesen. Schließlich erhob er sich wieder und nahm einen Stein in die Hand, der als Dekoration auf der Kommode lag. Jemand hatte darauf mit weißer Farbe ›Herzlich‹ aufgemalt.

»Nach der Obduktion kann ich dir mehr verraten. Er hatte auf jeden Fall noch unmittelbar vor seinem Tod Sex«, meldete sich Radtke zu Wort.

Der Kommissar schaute durch das Fenster. Dahinter hatte der Vermieter ein kleines Beet angelegt, in dem gelbe Rosen zu blühten. Reuter wandte sich um und trat ans Bett.

»Könnte die Anstrengung einen Herzinfarkt verursacht haben?«, fragte er.

Der Arzt wiegte skeptisch den Kopf.

»Nur, wenn eine Vorbelastung existierte. Ein gesundes Herz setzt nicht so leicht aus«, erwiderte er.

Reuter betrachtete den Toten. Neben dem Kopf leuchtete etwas gelblich inmitten des getrockneten Blutes. Er beugte sich hinunter und erkannte ein Rosenblatt. Reuter richtete sich wieder auf und schaute hinüber zur Kommode. Schließlich dankte er Radke und bat um baldige Übermittlung des Berichtes, bevor Reuter den uniformierten Kollegen vorm Haus aufsuchte.

»Wissen Sie, ob Herr Mackert ein regelmäßiger Gast in Kalifornien war?«, fragte er.

Tatsächlich galt der Tote als Stammgast, der innerhalb der zurückliegenden 18 Monate bereits zum vierten Mal dieses Ferienhaus gemietet hatte. Reuter musterte die ausharrenden Schaulustigen und wandte sich an Franzen.

»Haben Sie sich unter den Zuschauern nach möglichen Zeugen umgehört?«, wollte er wissen.

18. Rätsel-Krimi

»Keiner hat etwas gesehen oder gehört. Die meisten wurden durch die eintreffenden Streifenwagen erst geweckt. Der Brötchenlieferant steht unter Schock, nachdem er Mackert entdeckt hat. Er kann leider auch keine vernünftige Aussage machen«, antwortete Franzen.

Kommissar Reuter ließ sich die Namen geben und ging hinüber zu einer schlanken Frau. Er stellte sich vor und fragte, wo sie wohnte.

»Gleich das Haus dort drüben«, antwortete sie. Sie schimpfte mit dem kleinen Hund, der an den dunklen Flecken an ihrer Hose schnupperte.

»Sie kennen Herrn Mackert?«, fragte Reuter.

Hauptmeister Franzen verfolgte gebannt die Vernehmung.

Die Blondine nickte zustimmend. »So, wie man sich eben kennt. Wir haben zufällig Pfingsten hier einige Tage Urlaub gemacht«, erklärte sie.

Der Hund steckte seine Nase in den aufgekrempelten Hosenaufschlag. Mit einer wütenden Bewegung vertrieb die Frau ihn. Er schüttelte den Kopf und befreite seine Nase von feuchter Erde. Reuters forschender Blick verunsicherte die Frau immer stärker. Der Kommissar deutete auf den Hund.

»Er hat sie verraten. In Wahrheit waren sie im Haus. Genauer gesagt, im Schlafzimmer. Sie sind geschieden, nicht wahr? Eine böse Scheidung und die Versöhnung schlug gründlich fehl.«

Hauptmeister Franzen zog überrascht die Luft ein. Reuter nahm der Frau ihre Umhängetasche ab und schaute hinein. Anschließend gab er sie ihr zurück und behielt eine Fotografie, auf der Mackert mit ihr abgebildet war.

»Lassen Sie das Blumenbeet unter dem Schlafzimmerfenster durchsuchen. Dort werden Sie einen Stein mit der Aufschrift ›Willkommen‹ finden, den Frau Schultze dort vergraben hat«, bat er Franzen.

Wie kam Reuter so schnell auf die Lösung des Falles?

Lösung: 18. Rätsel-Krimi

Aus der Brieftasche hatte der Mörder etwas entfernt und dabei ein wenig feuchte Erde zurückgelassen. Auf der Kommode fehlte der zweite Stein und neben dem Kopf des Toten lag ein Rosenblatt, welches von einer Blüte vor dem Fenster stammte.

19. Rätsel-Krimi

ZUGRÄUBER IN SCHÖNBERG

Es war das erste Mal gewesen, dass Hauptkommissar Frank Reuter vom LKA Kiel zu einem Zugüberfall gerufen wurde.

»Sie machen Scherze?«, hatte er den Leiter der Dienststelle in Schönberg gefragt.

Doch Polizeiobermeister Volker Boysen war nicht zu Späßen aufgelegt. In der bekannten Museumsbahn war es tatsächlich während der Fahrt zwischen Probsteierhagen und Schönberg zu einem Raubüberfall gekommen. Präzise gesagt, gab es 14 Opfer, alles Touristen aus unterschiedlichen Bundesländern. Reuter hatte sich sofort auf den Weg gemacht, um Zeuge der gegenseitigen Vorwürfe zu werden. Böse Blicke und eindeutige Beschuldigungen wurden von einigen Reisenden in Richtung einer bunt gekleideten Gruppe jüngerer Männer und Frauen geschickt. Die verwehrten sich lautstark gegen die Unterstellungen.

»Die Geschädigten sind sich einig darin, dass es nur einer aus der Gruppe der Kleinkünstler sein kann. Zwei Ehepaare gehen sogar so weit und beschuldigen sie als Räuberbande«, erklärte der sichtlich gestresste Obermeister Boysen.

Er hatte aus den umliegenden Revieren vier Kollegen zur Unterstützung hinzugezogen, die sich vor allem um die Eindämmung der Emotionen kümmerten.

»Der Reihe nach, bitte. Wann wurden die Diebstähle bemerkt und welche Rolle spielen die Kleinkünstler dabei«, verlangte Reuter einen chronologischen Bericht.

Während er zuhörte, wanderte der Blick des Hauptkommissars über die herrlich restaurierten Waggons der historischen Bahn. Die alte Dampflock stieß gelegentlich Wasserdampf aus. Auf dem schmalen Bahnsteig standen fünf auffällig gekleidete Männer und Frauen im Alter zwischen 20 und 30 Jahren. Bei ihnen handelte es sich um Abschlussschüler einer Schule, in

19. Rätsel-Krimi

der man die Kunst der Taschenspielertricks bis hin zu gewaltigen Illusionen erlernen konnte. Sie waren zwischen den beiden Stationen Probsteierhagen und Schönberg durch die voll besetzten Waggons gegangen, um den Reisenden ihre Künste zu präsentieren.

»Das sollte wohl die Abschlussprüfung werden. Doch unmittelbar vor dem Eintreffen des Zuges hier in Schönberg bemerkten einige Touristen, dass sie bestohlen worden waren«, schloss Volker Boysen seinen Bericht.

Der Zugführer hatte umgehend die Polizei verständigt und dafür gesorgt, dass niemand auf dem Bahnhof verschwinden konnte.

»Das haben sie zu dritt prima gemeistert. Der Lokführer, der Zugführer und seine Gehilfin konnten so verhindern, dass einer der Verdächtigen sich aus dem Staub macht«, erklärte Obermeister Boysen.

Seit dem Eintreffen der Polizisten war es nicht möglich gewesen, die Ermittlungen in vernünftige Bahnen zu lenken.

»Die Geschädigten sind verständlicherweise sehr aufgebracht, während die Künstler sich erbost gegen die Unterstellungen wehren. Wir kommen einfach nicht weiter und deswegen brauche ich Ihre Hilfe«, sagte Boysen.

Zuerst befragte Reuter die Opfer der Räuber und erhielt einen guten Überblick, wie sich die dreisten Diebstähle ereignet hatten.

»Ein oder zwei der Künstler haben alle Aufmerksamkeit auf sich gezogen, während ihre Komplizen uns bestohlen haben«, lautete die übereinstimmende Schilderung der Geschädigten.

Als objektive Zeugin wurde die Helferin des Zugführers genannt, die sich um die Tickets der Reisenden gekümmert hatte. Reuter ließ Obermeister Boysen eine Liste der gestohlenen Gegenstände anfertigen, während er sich mit Andrea Hafner unterhielt. Im normalen Leben war die junge Frau als Kosmetikerin tätig.

»Die Arbeit im Museumsverein macht mir sehr viel Spaß und ist eine willkommene Ablenkung. Die Arbeit als selbstständige Kosmetikerin ist sehr hart und man kämpft immer ums Überleben. Da ist der Job als Zugschaffnerin mit den entspannten Touristen eine wunderbare Abwechslung«, informierte sie Reuter über ihre Motivation.

Als er sie auf die Vorkommnisse während der Fahrt ansprach, verdüsterte sich ihre Miene und Andrea Hafner schaute verärgert hinüber zu der Gruppe der Kleinkünstler.

»Was sind das nur für Menschen, die jemanden eine Kette mit einem Anhänger stehlen. Besonders wenn es ein Erinnerungsstück ist, wie man an der Gravur erkennen kann. Ich finde es sehr schlimm, Herr Reuter«, erklärte sie unmissverständlich ihre Haltung.

Sie bestätigte die Angaben der Geschädigten und war bereit, eine entsprechende Zeugenaussage zu unterschreiben. Hauptkommissar Reuter dankte der jungen Schaffnerin und ging dann hinüber zu den Kleinkünstlern. Sie wehrten sich vehement gegen die Anschuldigungen und wollten erst gehen, wenn der wahre Täter gefasst war. Reuter verkniff sich zu erwidern, dass ihre Anwesenheit vor allem von dem Ergebnis seiner Ermittlungen abhängig sein würde.

»Natürlich nehmen wir den Touristen unbemerkt ihre Armbanduhr oder Brieftasche weg. Aber nur, um sie an einem unerwarteten Ort wieder auftauchen zu lassen«, erklärte einer der Männer.

»Wir arbeiten auch im Team, um einen besonderen Effekt zu erzielen. Aber wir sind keine Räuberbande!«, warf eine Frau mit roten Locken ein.

Die Künstler gingen so weit, dem Hauptkommissar ihre präparierten Jackenärmel und Tücher zu zeigen. Frank Reuter bestaunte die Vielzahl der von außen nicht sichtbaren Zusatztaschen, in denen die Künstler diverse Gegenstände verschwinden lassen konnten, nur um diese dann zu einem spä-

19. Rätsel-Krimi

teren Zeitpunkt wieder hervorzuzaubern. Auf Anweisung des Hauptkommissars lehrten sie unter Protest alle ihre Taschen und legten die darin befindlichen Gegenstände auf den Bahnsteig. Frank Reuter verfolgte alles mit Argusaugen, bevor er wieder zurück zu Volker Boysen ging, der in einer sauberen Handschrift die gewünschte Liste der gestohlenen Gegenstände aufgestellt hatte. Er riss die Blätter aus seinem Notizblock und reichte sie seinem Kollegen vom LKA. Der überflog die Aufstellung und starrte einige Sekunden nachdenklich auf einen der Einträge.

»Haben Sie vorher mit irgendjemand über eines der gestohlenen Dinge gesprochen oder haben die Geschädigten sich dazu geäußert?«, wollte er dann von Boysen wissen.

Der verneinte es entschieden.

»Die Leute der Museumsbahn haben die Kleinkünstler im ersten Waggon hinter der Lock versammelt und durch Frau Hafner beaufsichtigen lassen. Dort befindet sich auch das Abteil des Zugpersonals, von dem aus der Überfall gemeldet wurde. Der Schaffner und ich mussten uns zunächst um die aufgebrachten Touristen kümmern«, erwiderte der Obermeister.

Unmittelbar nach dem Eintreffen auf dem Bahnhof in Schönberg hatte der Lockführer der jungen Schaffnerin dabei geholfen, die Gruppe der Kleinkünstler aus dem Waggon zu schaffen und bis zu Reuters Eintreffen auf dem Bahnsteig zu beaufsichtigen. Einer von Boysens Kollegen hatte die Personalien der Künstler aufgenommen.

Aus einem der geöffneten Fenster des Waggons, vor dem Boysen und Reuter standen, drangen erregte Stimmen.

»Wie geht es denn nun weiter? Werden die Künstler verhört und dann verhaftet? Wann bekomme ich meine Brieftasche und die Uhr wieder?«, riefen die Geschädigten.

»Es wäre gut, wenn wir bald eine Antwort geben könnten«, drängte Obermeister Volker Boysen.

»Ich weiß genau, wie es abgelaufen ist und vermutlich auch, wo sich die gestohlenen Gegenstände befinden«, erwiderte Frank Reuter.

Was ist dem Hauptkommissar aufgefallen?

Frau Hafner machte konkrete Angaben zu einer Gravur auf einem Anhänger. Laut Auskunft von Polizeiobermeister Boysen wusste die junge Schaffnerin aber nicht, welche Gegenstände gestohlen wurden. Sie kann dies nur wissen, wenn sie selbst der Dieb ist.

20. Rätsel-Krimi

STRANDLÄUFER IN BRASILIEN

Sie saßen vor dem Wohnwagen der Familie Schuberth aus Halle. Conny Schuberth rang immer wieder um Fassung, während Hauptkommissar Reuter vom LKA sich von ihr die Begegnung mit dem schwer verletzten Thomas Koller schildern ließ.

»Wir haben uns gestern Abend bei der Party kennen gelernt. Thomas war sehr aufmerksam und wir haben ein wenig geflirtet«, räumte sie ein.

Nachdem Reuter im Krankenhaus den übel zugerichteten Jogger gesehen und mit dem Arzt gesprochen hatte, fuhr er hinaus nach Brasilien. Der rund 1,6 Kilometer lange Strandabschnitt zwischen Schönberg und Kalifornien war sowohl bei Hundebesitzern als auch bei Joggern durchaus beliebt. Reuters Kollegen waren von Conny Schuberth alarmiert worden, nachdem sie den ohnmächtigen Koller an der Wasserlinie entdeckt hatte. Der eintreffende Notarzt hatte die Erstversorgung übernommen und anschließend die Einlieferung in die Uni-Klinik nach Kiel angeordnet. Der Angriff auf den Medienanwalt bereitete den Kollegen aus Schönberg einiges Kopfzerbrechen.

»Wo war Ihr Ehemann in der Zeit?«, fragte Reuter.

Ihm war nicht entgangen, wie sorgsam Frau Schuberth es vermieden hatte, in der Anwesenheit ihres Mannes Daniel Schuberth eine Aussage machen zu müssen. Reuter hatte sie daraufhin zu dem Wohnwagen gelotst, in dessen Vorzelt sie nun saßen. Conny Schuberth hob den Blick. Ihre Augen waren gerötet. Sie hielt ein Taschentuch zwischen den Fingern und senkte den Blick wieder auf ihre Laufschuhe, die unter dem feuchten Saum der weiten Hose zu sehen waren.

»Er hatte noch einen Termin in Berlin und ist heute erst angereist«, erwiderte sie und schniefte dabei.

Als sie sich erhob, um sich ein neues Taschentuch zu holen, raffte sie den Bund der Laufhose und kehrte gleich darauf

20. Rätsel-Krimi

zurück. Der Hauptkommissar ließ seinen Blick über die eng anliegende Jacke in dunkelgrau mit gelben Streifen wandern, musterte die giftgrüne Hose mit roten Zacken und blieb an den schwarzen Schuhen hängen.

»Joggen Sie regelmäßig oder war das heute Morgen eine Ausnahme?«, wollte er wissen.

Frau Schuberth zerknüllte das eben erst geholte Taschentuch und zuckte dabei leicht zusammen. Der Schnitt an ihrem linken Handballen leuchtete tiefrot.

»Oh, ich laufe jeden Tag. Seit zwei Jahren nehme ich an Veranstaltungen überall in Deutschland teil. Daniel bezeichnet mich als laufsüchtig und versteht nicht, warum ich so viel Geld für erstklassige Ausrüstung ausgebe«, erklärte Conny Schuberth mit hörbarem Stolz in der Stimme.

Aus dem Augenwinkel bemerkte der Hauptkommissar, wie Polizeiobermeister Zander auf sich aufmerksam machte. Reuter entschuldigte sich bei Frau Schuberth und ging hinüber zu seinem Kollegen.

»Koller ist einschlägig vorbestraft. Die Techniker haben im seichten Wasser ein Messer gefunden, mit dem ihm seine Wunden zugefügt worden sein könnten. Die Waffe gehört Koller«, meldete Zander.

Der war wegen sexueller Übergriffe vorbestraft. Obermeister Zander konnte zusätzlich einen ersten Bericht von den Kriminaltechnikern weitergeben. Kollers Kleidung wies eine große Menge an Blut auf, wobei besonders die Hose stark betroffen war.

»Die Auswertung der DNA wird einige Zeit in Anspruch nehmen. Es gibt aber bereits jetzt eine bemerkenswerte Tatsache«, sprach Zander weiter.

Hauptkommissar Reuter hob zwei Finger in die Höhe, wodurch er seinen Kollegen verblüfft innehalten ließ.

»Ich bin ziemlich sicher, dass es sogar zwei Auffälligkeiten gibt. Die Techniker können vermutlich mit ihrem Schnelltest

20. Rätsel-Krimi

nachweisen, dass sich das Blut von zwei Menschen auf der Kleidung von Koller nachweisen lässt. Eines davon gehört einer Frau«, stellte Frank Reuter fest.

Sein Kollege aus Schönberg nickte zustimmend. Gespannt wartete Zander darauf, dass der Ermittler des LKA fortfuhr. Doch Reuter winkte ihn mit sich zum Wohnwagen der Familie Schuberth. Sie trafen Conny immer noch auf dem Campingstuhl sitzend an. Sie weinte leise vor sich hin und wirkte ein wenig desorientiert.

»Schauen Sie genau hin. Fällt Ihnen an der Kleidung von Frau Schuberth etwas auf?«, fragte Reuter seinen Kollegen.

Obermeister Zander musterte die Joggerin sehr sorgfältig und schließlich nickte er kräftig.

»Ich denke, dass Sie uns etwas sagen wollen. Ist es nicht so, Frau Schuberth?«, wandte Hauptkommissar Reuter sich an die schluchzende Frau auf dem Campingstuhl.

Was war Reuter aufgefallen?

Frau Schuberth trug eine Laufhose, die ihr deutlich zu groß war. Dabei legt sie nach eigenen Angaben großen Wert auf eine professionelle Ausrüstung. Ihr Flirt mit Koller war offenbar anders verlaufen. Am Strand musste es zu einem Übergriff gekommen sein, bei dem Frau Schuberth Kollers Messer gegen ihn einsetzte. Dabei war Blut auf ihre Hose gespritzt. Anstatt es auszuwaschen, zog sie Kollers Hose an und warf anschließend das Messer in die Ostsee.

21. Rätsel-Krimi

SCHIFF AHOI,
BOOT KAPUTT IN HEILIGENHAFEN

Als Frank Reuter auf dem Anlieger mit der Nummer acht in der Marina von Heiligenhafen stand und sich das Ausmaß der Zerstörung anschaute, musste der Hauptkommissar unwillkürlich mit dem Kopf schütteln.

»Wenn man das sieht, kann man kaum glauben, dass es nur eine Handvoll verletzter Personen gegeben hat. Die meisten davon befanden sich zudem an Bord der Quaranta«, sagte Oberkommissar Peters von der Wasserschutzpolizei. Er war mit seinem Einsatzboot angefordert worden, nachdem eine Luxusjacht unter ungeklärten Umständen eine schwere Kollision in der Marina verursacht hatte.

»Aber der Eigner der Jacht war nicht mit an Bord?«, fragte Hauptkommissar Reuter verwundert.

Der musste erst aus Lübeck geholt werden, wo er die Reparaturarbeiten auf seiner Jacht abwartete. Als die Beamten ihn über die Kollision unterrichtet hatten, hatte der Schauspieler einen Tobsuchtsanfall bekommen.

»Erst diese Sache mit dem Fußboden unter dem langen Esstisch und nun auch noch dieser Dummejungenstreich. Das war zu viel für die Nerven des Herrn«, berichtete Peters nicht ganz frei von Sarkasmus.

Die Quaranta war vor acht Monaten fertiggestellt worden und doch gab es bereits einige Probleme.

»Angeblich war das Holz unter dem Esstisch nicht sauber verlegt. Deswegen befand sich die Jacht auf der Werft von Bernd Rasmussen«, erklärte Oberkommissar Peters.

Während Reuter sich die Abläufe erklären ließ, wanderte er über die Decks der Luxusjacht im Stil eines Katamarans. Wer immer dieses schnittige Boot in den Hafen gesteuert hatte, war damit offenkundig völlig überfordert gewesen. Die Kollegen der Wasserschutzpolizei stießen an Bord auf eine Gruppe junger Menschen, von denen die meisten schwer angetrunken waren oder unter Drogeneinfluss standen. Bei der ersten Vernehmung wollte niemand die Jacht gesteuert haben.

»Es gibt lediglich Aussagen, wonach die Einladung für den Ausflug übers Internet ausgesprochen worden sei. Wir haben die Angaben überprüft. Diesen Ausruf gibt es tatsächlich«, sagte Peters.

Sein Kollege vom LKA aus Kiel war eine Wendeltreppe zum Oberdeck hinaufgegangen, die in einem prächtig ausgestatteten Salon endete. An der einen Wand war ein Flachbildfernseher eingearbeitet, dessen Ausmaße den Hauptkommissar nur staunen ließen. Der Kollege von der Wasserschutzpolizei führte Reuter hinaus zu dem besagten Esstisch, der unter einer Abdeckung angebracht worden war. Bis zu zwölf Personen konnten gleichzeitig hier essen und trinken.

»Vorsicht mit den Schuhen. Auf der Werft wurde der Fußboden hoch genommen und mit einem Spezialkleber versehen. Der ist ziemlich aggressiv und das merkt man nicht unbedingt sofort«, warnte Oberkommissar Peters und hielt seinen Kollegen am Arm zurück.

Überall an Bord waren Anzeichen für eine ausgelassene Party zu erkennen. Flaschen lagen herum. Gläser waren bei dem Aufprall von den Tischen gefegt worden und auf einer Eckbank lagen BH sowie Slip zusammengeknüllt unter einem Männerhemd.

»Der Steuermann muss über genügend Erfahrung verfügen, um so eine Jacht überhaupt fahren zu können. Dummerweise befanden sich vier mögliche Kandidaten unter den Gästen, die aber alle leugnen, die Quaranta gesteuert zu haben«, erklärte Peters.

Nach seiner Einschätzung war der Luxuskatamaran mit mindestens zehn Knoten in die Marina eingelaufen. Eine viel zu hohe Geschwindigkeit, die kein seriöser Steuermann gewagt hätte.

»Im Grunde war die Kollision unvermeidlich und alles deutet auf eine Mischung aus Unerfahrenheit und Überheblichkeit hin«, schloss der Kollege der Wasserschutzpolizei seinen vorläufigen Bericht.

Er folgte Hauptkommissar Reuter, der genug gesehen hatte und die Jacht wieder verließ. Hinter der polizeilichen Absperrung sammelten sich erboste Besitzer der zum Teil völlig zerstörten Boote, die ein Opfer der wie ein Rammbock einlaufenden Jacht geworden waren. Reuter konnte den Unmut gut nachvollziehen und wusste, dass ihnen die Ergreifung des Steuermannes zumindest ein wenig Genugtuung geben würde. Der Sach- und Personenschaden war immens und der Verursacher durfte sich auf einige Zivilprozesse einstellen, sobald er rechtskräftig für seine Straftaten verurteilt worden war.

»Ich möchte mit den Partygästen sprechen. Solange sie noch keine Gelegenheit hatten, ihre Aussagen untereinander abzustimmen, sollten wir eine gute Chance haben«, sagte Hauptkommissar Reuter.

Eine Stunde später standen die beiden Ermittler vor dem Bett von Carmen Kruse, der einzigen Tochter von Hannes Kruse. Ihm gehörte der größte Jachtservice in Nordeuropa.

»Ich fand es eine nette Abwechslung, einmal nicht in einer der blöden Landdiscos feiern zu müssen. Woher sollte ich denn ahnen, dass die Jacht nicht gechartert war?«, zeigte die 22 Jahre alte Tochter von Hannes Kruse sich sehr abweisend.

»Wie viel kostet es denn, eine Quaranta zu chartern? So etwas ist doch bestimmt ziemlich teuer«, wollte Reuter wissen.

Carmen Kruse lag auf der Bettdecke und war mehr mit ihrem Smartphone als mit der Vernehmung beschäftigt. »Unter 100.000 pro Woche kriegen Sie so eine Luxusjacht kaum«, erwiderte sie.

Sie stöhnte leise auf. Carmen wollte sich mehr auf die linke

21. Rätsel-Krimi

Seite drehen, um an ein Wasserglas zu kommen. Reuter half ihr, ohne einen Dank zu erhalten.

»Der Arzt sagte mir, dass bei Ihnen einige Rippen gequetscht wurden. Auf beiden Seiten oder nur auf der Linken?«, fragte er.

Kruse sah auf und wirkte sichtlich genervt. »Nur die linke Seite. Sonst noch Fragen?«, antwortet sie.

Der Hauptkommissar ließ sich bestätigen, dass Carmen Kruse über die erforderliche Qualifikation zum Steuern einer Quaranta verfügte. Anschließend verließ er mit Peters zusammen das Zimmer, um im Raum nebenan mit Sandro Gebhard zu sprechen. Selbst Frank Reuter kannte die Familie des jungen Mannes, die zu den oberen Zehntausend der Gesellschaft gerechnet wurde. Ausflüge auf Luxusjachten gehörten demnach zum Standardprogramm von Sandro. Der Hauptkommissar hatte einige Medienberichte im Kopf, in denen der 23 Jahre alte Jetsetter am Steuer von Motorbooten zu sehen war.

»Hauptkommissar Reuter vom LKA. Wie geht es Ihnen, Herr Gebhard?«, erkundigte der Ermittler sich zunächst nach dem Befinden des jungen Mannes.

Ein dicker Verband zierte den Kopf von Sandro Gebhard und zusätzlich war sein rechter Arm mit einer Schlinge fixiert worden.

»LKA? Sehr gut. Dieses Arschloch, der die Jacht gesteuert hat, müssen Sie erwischen. Der kann sich auf ein saftiges Schmerzensgeld einstellen«, erwiderte Gebhard.

Seine braunen Augen waren dunkel vor Zorn, doch das konnte auch nur gespielt sein. Von Oberkommissar Peters wusste Reuter, dass man im Besitz des Sprösslings aus gutem Hause diverse Drogen gefunden hatte. Es war nicht sein erstes Delikt in dieser Hinsicht, sodass Sandro Gebhard möglicherweise nur die Flucht nach vorn antreten wollte.

»Sie bleiben also dabei, dass Sie sich zum Zeitpunkt der Kollision in einem der Schlafräume aufhielten und sich dort die Verletzungen zuzogen?«, fragte Frank Reuter.

21. Rätsel-Krimi

Gebhard schilderte sehr ausführlich, wie er eine blonde Schönheit aus Heiligenhafen von seinen Vorzügen überzeugt hatte. Nachdem sie viel getrunken und einige Partydrogen konsumiert hatten, war es Zeit für mehr Privatsphäre gewesen. Sandro genoss die anzügliche Schilderung und konnte den Beamten den vollständigen Namen der betreffenden Frau nennen. Reuter und Peters stellten weitere Fragen, bevor sie die Vernehmung auf Bitten eines Arztes unterbrachen. Auf dem Gang vor dem Zimmer tauschten die beiden Ermittler sich kurz aus.

»Es riecht zwar verdächtig danach, dass Gebhard sich das Alibi erkauft hat, aber es wird von Frau Albrecht bestätigt«, sagte Oberkommissar Peters.

Als letzten Kandidaten konnten sie Roman Steenbäcken befragen, den ältesten Sohn des bekannten Reeders aus Hamburg. Als Reuter und Peters das Krankenzimmer betraten, stand der hoch gewachsene Steenbäcken am Fenster. Trotz des eindeutigen Rauchverbots zog er ungeniert an einem Zigarillo.

»Hauptkommissar Reuter vom LKA aus Kiel. Wir haben einige Fragen an Sie«, sagte der Ermittler mit einem Blick auf den Zigarillo.

Roman Steenbäcken zog ein letztes Mal daran, bevor er ihn in einer Kaffeetasse ausdrückte. Dann schlurfte er zurück zum Bett, schlüpfte aus den Badelatschen und legte sich auf die Bettdecke. Reuter musterte die roten Bläschen unter Steenbäckens Sohlen. Anschließend wanderte sein Blick hinauf zum Verband an der linken Schulter.

»Nach Auskunft des Arztes haben Sie eine schwere Prellung am linken Schultergelenk erlitten. Ich hoffe, Sie sind Rechtshänder und die Verletzung behindert Sie nicht allzu sehr«, eröffnete Frank Reuter die Vernehmung mit einer höflichen Bemerkung.

»Nein, ich bin Linkshänder. Über diese Scheißkollision kann ich Ihnen überhaupt nichts erzählen. Ich saß an einem

21. Rätsel-Krimi

der Tische direkt vor dem unteren Steuerstand«, erwiderte Roman Steenbäcken sichtlich gereizt.

Reuter rief sich den Aufbau der Quaranta in Erinnerung. »Sie meinen die beiden Tische, die sich vor den getönten Scheiben befinden«, sagte er und erhielt ein zustimmendes Nicken.

Vorher war Steenbäcken ausschließlich auf den unteren Decks gewesen, hatte reichlich getrunken und geflirtet. Er konnte im Gegensatz zu Sandro Gebhard nur Angaben zu dem Aussehen oder Vornamen der Frauen machen. Nach einer Weile war es Steenbäcken angeblich zu langweilig geworden, sodass er sich ein ruhiges Plätzchen gesucht hatte. Gerade als er sich hingesetzt hatte, erfolgte der brutale Zusammenstoß mit den anderen Booten und er wurde durch die Gegend geschleudert.

»Sie haben sich auf der Jacht nicht einmal umgesehen? Dieser lange Esstisch im Freien ist doch sehr beeindruckend, finden Sie nicht?«, hakte Reuter nach.

Doch Roman Steenbäcken blieb bei seiner Aussage, dass er sich dafür nicht interessiert hatte und entsprechend auch nie nur in der Nähe des Esstisches sowie des Steuerstandes gewesen wäre. Als der Hauptkommissar wissen wollte, ob der Sohn des Reeders mit Allergien zu kämpfen hätte, wehrte der entrüstet ab und stellte sich als Ausgeburt an Gesundheit dar.

»Eine abschließende Frage hätte ich noch. Wie sind Sie überhaupt an Bord gekommen?«, fragte Reuter.

Auch Steenbäcken bezog sich auf die Einladung im sozialen Netzwerk und wollte keine Ahnung haben, wer sie ausgesprochen hatte. Hauptkommissar Reuter und sein Kollege beendeten die Befragung und verließen das Krankenzimmer. Auf dem Gang davor breitete Peters seine Arme in einer Geste der Ratlosigkeit aus.

»Wie ich bereits gesagt habe. Alle wollen nur Gäste gewesen sein und niemand hat die Jacht gesteuert. So kommen wir nicht voran«, beschwerte sich der Oberkommissar der Wasserschutzpolizei.

Frank Reuter ließ ein zufriedenes Lächeln aufblitzen. »So aussichtslos sehe ich unsere Position aber gar nicht. Einer unserer Kandidaten hat gelogen und außerdem passt seine Verletzung zu demjenigen, der beim Aufprall am Steuer gewesen sein muss«, widersprach er entschieden.

Wen hat der Hauptkommissar unter Verdacht?

Lösung: 21. Rätsel-Krimi

Die Bläschen unter den Sohlen von Steenbäcken überführten ihn der Lüge. Wenn es keine Auswirkungen einer Allergie sind, dieses hat Roman vehement bestritten, muss er mit dem Klebstoff unter dem Esstisch in Berührung gekommen sein. Nur dort konnte er sich die Verätzung holen, ohne es zu bemerken.

22. Rätsel-Krimi

MUSIK IM BLUT IN HEILIGENHAFEN

Es war eine ungewöhnliche Geräuschkulisse für Hauptkommissar Reuter. Während er neben dem toten Musiker hockte, trug der milde Wind die Stimmen der Besucher der Hafentage zu ihm herüber. Reuter hatte sich bereits auf ein gutes Glas Rotwein gefreut, das er auf seinem Balkon trinken wollte. Er hatte gerade die Flasche entkorkt, als ihn der Anruf aus Heiligenhafen erreichte. Es hatte einen Mord gegeben und der Leiter der Polizeistation bat um Unterstützung durch das LKA Kiel.

»Sein Name ist Gerry Harbeck. Er tritt mit der Gruppe ›Kuttersoul‹ auf, doch er war nicht rechtzeitig an der Hafenbühne. Daraufhin haben ihn seine Musikerkollegen gesucht und hier am Silo entdeckt«, erklärte Oberkommissar Fräsing.

Während Frank Reuter der Schilderung seines Kollegen lauschte, wanderte sein Blick über das schmale Gesicht des Toten. Unterhalb des rechten Ohrläppchens konnte er einen roten Striemen erkennen. Erst als der Arzt den Kragen des schwarzen Hemdes zur Seite schob, wurde der Streifen am Hals komplett sichtbar.

»Er wurde mit einem Gürtel oder etwas in dieser Art erwürgt«, sagte Dr. Oppen.

Fräsing hob einen kleinen Gegenstand in die Höhe, den er seitlich unter dem linken Oberschenkel von Harbeck bemerkt hatte. Im gleichen Augenblick schaltete einer der kurz nach Hauptkommissar Reuter eingetroffenen Kriminaltechniker die Tatortbeleuchtung ein. Er kniff die Lider zusammen, die sich zunächst auf die Lichtflut einstellen mussten. Die starken Scheinwerfer rissen ein breites Rechteck unmittelbar am Fuß des Silos aus der Dunkelheit. Im Zentrum lehnte Gerry Harbeck und stierte ungerührt ins grelle Licht. Jetzt leuchtete der rote Striemen am Hals gespenstisch auf. Mehrere Blitzlichter

22. Rätsel-Krimi

zuckten auf und dann vernahm Reuter die verärgerte Stimme von Oberkommissar Fräsing.

»Keine Aufnahmen, solange wir nicht zugestimmt haben!«, schimpfte er.

Reuter hob den Kopf und schaute hinüber zu der schnell wachsenden Ansammlung von Schaulustigen. Ein Mann im Alter von rund 30 Jahren hatte seinen Arm beschützend um die schmalen Schultern einer jüngeren Frau mit blonden Locken gelegt. Sie weinte leise und konnte dabei den Blick nicht vom Toten nehmen. Dann traf die von Fräsing angeforderte Verstärkung in Form von drei Streifenwagen ein, deren Besatzungen zusammen mit Feuerwehrkräften eine Absperrung einrichteten. Der Hauptkommissar verlor das trauernde Pärchen aus den Augen und wandte sich daher an Fräsing.

»Was haben Sie eigentlich vorhin bei der Leiche gefunden?«, wollte er wissen.

Der Kollege reichte ihm eine Beweissicherungstüte, in der sich ein Plastikteil befand. Es schimmerte in einem warmen Bronzeton und sobald Reuter es bewegte, flimmerten grünliche Streifen im Licht auf.

»Wissen Sie, was das sein könnte?«, fragte Reuter.

Fräsing starrte nachdenklich auf das unscheinbare Plastikteil.

»Nein, keine Ahnung«, gestand er.

Hauptkommissar Reuter steckte die Tüte vorerst in seine Jackentasche. Auf der Hauptbühne sprach ein beleibter Mann zu den Gästen des Hafenfestes und erklärte, warum alle weiteren Auftritte von Künstlern an diesem Abend ausfallen mussten. Gleichzeitig bahnte sich ein Kamerateam des NDR seinen Weg durch die eng beieinanderstehenden Schaulustigen bis zur Absperrung.

»Übernehmen Sie bitte die Medienleute?«, bat Reuter.

Sein Kollege aus Heiligenhafen nickte mit unglücklichem Gesichtsausdruck und eilte dem Fernsehteam entgegen. Reuter trat zu dem Arzt, der einige Notizen in sein Notebook schrieb. Dabei achtete er darauf, keine der Trittspuren zu beschädigen, die links von dem Leichnam zu erkennen waren. Er registrierte die tiefen Abdrücke von Absätzen und ein Rautenmuster. Vermutlich trug der Täter Stiefel oder einer, der den Toten entdeckt hatte. Dieser Frage würde der Hauptkommissar später nachgehen.

»Was können Sie uns jetzt schon zum Tod des Musikers sagen?«, fragte er.

Dr. Oppen tippte ein letztes Wort ein und schaltete sein Gerät dann aus. Anschließend ging er neben dem Toten in die Hocke. Hauptkommissar Reuter folgte seinem Beispiel und wartete darauf, dass der Arzt ihm seine Beobachtungen mitteilte.

»Das Opfer starb höchstwahrscheinlich infolge einer Strangulation«, erklärte Dr. Oppen. Er deutete mit der Spitze eines Kugelschreibers auf den roten Streifen am Hals des Toten. »Der Tod trat vor kaum mehr als zwei Stunden ein, soweit ich das jetzt schon feststellen kann«, sprach er weiter und schilderte dem Ermittler, wie er einige Werte mittels Messungen der Körpertemperatur sowie chemischer und mechanischer Reflexe ermittelt hatte.

»Im Bereich der Kiefermuskulatur setzt die Totenstarre bereits ein, daher gehe ich angesichts der Umgebungstemperatur von dem Todeseintritt von vor etwa zwei Stunden aus. Das sind natürlich nur vage Angaben, wie Ihnen sicherlich bewusst ist«, schloss der Mediziner seine Ausführungen.

Hauptkommissar Reuter verfügte über ausreichend Erfahrungen in Mordermittlungen, um die üblichen Einschränkungen der Ärzte im Rahmen der ersten Leichenschau zu kennen. Ihn interessierte über den Todeszeitpunkt hinaus, ob es eventuell Anzeichen eines Kampfes gab.

»Ich konnte keine weiteren Oberflächenverletzungen ausmachen. Hätte der Tote sich gegen seinen Angreifer gewehrt,

22. Rätsel-Krimi

müssten die Abwehrverletzungen erkennbar sein«, erklärte Dr. Oppen.

Mit diesen Angaben verabschiedete sich der Arzt und Reuter musste sich darüber klar werden, wie er mit dem erworbenen Wissen die Vernehmungen führen wollte. Fräsing kam zu ihm, nachdem er die Fernsehreporter und Journalisten mehrerer Zeitungen mit einigen wenigen Details versorgt hatte. Vor der Hauptbühne tummelten sich nur noch kleinere Gruppen von Besuchern, während der größte Teil der Gäste des Hafenfestes sich auf den Weg nach Hause begab. Der Hauptkommissar berichtete seinem Kollegen, welche Aussagen der Arzt zum Todeshergang gemachte hatte.

»Ich habe die vier anderen Musiker in einem der Zelte unter Beobachtung zurückgelassen. Vermutlich wollen Sie jetzt mit ihnen reden, oder?«, fragte Oberkommissar Fräsing.

Dem war so und daher gingen sie hinüber. Reuter wunderte sich nicht besonders darüber, dass das Pärchen von vorhin zu den Musikern gehörte. Auch jetzt saß der Mann bei der jungen Frau und redete leise auf sie ein. Auf der Holzbank neben ihm lag ein Gitarrenkoffer. Einer der anderen Männer ging sofort einen Schritt auf die beiden Ermittler zu, kaum dass er sie am Zelteingang bemerkte. Seine kurz geschorenen Haare waren bereits überwiegend grau und unter dem weiten Hemd wölbte sich ein Wohlstandsbauch.

»Das ist Sigmar Uhland, der Kopf der Gruppe«, raunte Fräsing seinem Kollegen zu.

»Was ist mit Gerry passiert? Warum sagt man uns nicht die Wahrheit?«, fragte Uhland aufgebracht.

Zunächst stellte Frank Reuter sich offiziell vor und erklärte dann, dass Gerry Harbeck vor gut zwei Stunden umgebracht worden war. Bei Uhland klappte der Unterkiefer vor Schreck hinunter, während die junge Frau laut aufstöhnte und ihr Beschützer den Ermittlern einen bösen Blick schickte.

»Wer und warum?«, fragte der vierte Musiker.

22. Rätsel-Krimi

»Das ist Toby Langwirt, der Schlagzeuger«, flüsterte Oberkommissar Fräsing Reuter zu.

»Das werden wir herausfinden und Sie können uns dabei helfen. Haben Sie einen Verdacht oder wissen Sie etwas darüber, ob Herr Harbeck in jüngerer Vergangenheit Ärger mit jemandem hatte?«, fragte Frank Reuter.

Der Drummer schüttelte den Kopf, schaute aber zuvor kurz zu dem Pärchen hinüber.

Der Hauptkommissar ging zu ihnen und bewunderte die blonden Locken der Frau. »Verraten Sie mir bitte Ihren Namen?«

Ihr Beschützer setzte zu einem Protest an, aber sie hob den Kopf und schaute Reuter mit dem Blick eines völlig aus der Bahn geworfenen Menschen an.

»Doris Mayer. Ich bin die Sängerin«, flüsterte sie nahezu ihre Antwort.

»Und Sie sind?«, wandte Reuter sich an den Beschützer.

»Steve Kolberg, der Bassist. Und nein, ich hatte keinen Stress mit Gerry«, antwortete er.

Er hielt den prüfenden Blicken des Hauptkommissars stand. Seine feingliedrigen Finger spielten dabei unentwegt mit einem Plastikteil. Reuter deutete darauf und fragte Kolberg, was es damit auf sich hatte. Verständnislos schaute der Musiker ihn an, sodass Doris Mayer für ihn antwortete.

»Das ist ein Plektrum. Andere sagen auch Plektron dazu, aber gemeint ist dieses Plättchen, mit dem man die Saiten der Gitarre stärker zupfen kann«, erläuterte sie.

Reuter nickte verstehend und schaute dann auf den Gitarrenkoffer neben ihr auf der Bank.

»Ist das Ihr Instrument?«, wollte er wissen.

Die Sängerin schüttelte mit einem flüchtigen Lächeln den Kopf und zog gleichzeitig ihre Füße unter die Bank. Der Hauptkommissar bemerkte die dunklen Streifen an den Wildlederstiefeln im Westernlook.

22. Rätsel-Krimi

»Die Gitarre gehört Steve. Ich darf sie nur ab und an bei Auftritten spielen«, erwiderte sie dann.

»Wie haben Sie sich mit Gerry verstanden?«, fragte er Kolberg.

Der warf einen kurzen Blick hinüber zu Toby Langwirt, bevor er mürrisch antwortete. »Er war ein verfluchter Schürzenjäger, der seine Hände auch nicht von Frauen in festen Beziehungen lassen konnte. Es interessierte ihn wenig, ob sie diese Avancen schätzten oder auch nicht«, stieß er hervor.

Aus dem Augenwinkel registrierte Reuter, wie der Schlagzeuger zustimmend nickte. Sein Blick ging zurück zu der Sängerin. Doris Mayer knetete die Innenflächen ihrer Hände, die jeweils zwei tiefe Rillen aufwiesen. Die Einkerbungen waren an den Rändern dunkelrot gefärbt.

»Hat er es auch bei Ihnen probiert?«, fragte er.

Kolberg straffte seine Schultern und legte besänftigend seine Hand auf den Unterarm von Doris Mayer. Sie schob sie weg.

»Er hat es einmal probiert, aber ich konnte Gerry verständlich machen, dass es keinen Sinn hat«, antwortete sie.

Hauptkommissar Reuter musterte die Sängerin und ihren Beschützer, bevor er sich zum Gitarrenkoffer hinunterbeugte und ihn ohne zu fragen öffnete. Kolberg sprang alarmiert auf, doch Kommissar Fräsing hielt den Musiker zurück. Reuter klappte den Deckel des Gitarrenkoffers auf, sodass sein Kollege das Instrument anschauen konnte. Fräsing krauste fragend die Stirn.

»Da fehlt etwas und als Herr Kolberg es bemerkte, wusste er, was passiert war«, erklärte der Hauptkommissar.

Doris Mayer brach aufschluchzend zusammen.

Woher wusste Frank Reuter, dass sie der Mörder ist?

Lösung: 22. Rätsel-Krimi

Die Strangulationsmale am Hals von Gerry Harbeck stammen von dem Tragegurt der Gitarre. Angesichts der roten Striemen in den Handinnenflächen von Doris Mayer, kann nur sie die Täterin sein.

23. Rätsel-Krimi

PARTYSTRESS AM FLÜGGER STRAND

Es war mitten in der Nacht als Hauptkommissar Reuter zu einem dringenden Fall nach Fehmarn gerufen wurde. Am Flügger Strand war anscheinend eine feuchtfröhliche Party aus dem Ruder gelaufen. Es gab mehrere Verletzte.

»Als wir eintrafen, mussten wir verschiedene Gruppen voneinander lösen. Das war das reine Chaos«, berichtete Polizeiobermeister Rudy Hopf.

Er war mit sechs Kollegen am Strand eingetroffen, nachdem mehrere Notrufe vom Flügger Strand in der Leitzentrale eingegangen waren.

»Hier haben rund 40 Männer und Frauen eine Party veranstaltet. Einige der Gäste halten sich zurzeit auf dem Campingplatz dort hinten auf, während andere aus allen Ecken Fehmarns hierhergekommen sind«, erzählte Hopf, während er mit Reuter zwischen den Lagerfeuern durch den weichen Sand ging.

Es hatte ein halbes Dutzend verletzte Partygäste gegeben, die nacheinander durch Rettungskräfte versorgt und bei Bedarf in die Klinik geschafft worden waren. Frank Reuter warf einer Gruppe von jungen Frauen an einem Lagerfeuer neugierige Blicke zu. Sie wirkten eingeschüchtert, einige weinten leise vor sich hin. Eine Brünette wurde von zwei Freundinnen getröstet. Als sie Reuters Blick erwiderte, bemerkte er die grüne Farbe in ihrem Gesicht, die von goldenen und roten Streifen unterbrochen wurde. Die Schminke schien verschmiert und lieferte dem Hauptkommissar keinen Hinweis, was die Verkleidung darstellen sollte.

»Was war der Auslöser für den Gewaltausbruch?«, fragte er seinen Kollegen.

Anfangs war die Party völlig friedlich verlaufen und es hatte ein harmonisches Miteinander der Inselbewohner mit den Touristen vom Campingplatz gegeben.

23. Rätsel-Krimi

»Irgendeiner kam auf die glorreiche Idee, eine spontane Misswahl zu veranstalten. Jede Frau durfte sich bewerben und damit die anderen Gäste ihre Wahl treffen konnten, legten die Bewerberinnen farbige Markierungen an«, erzählte Obermeister Hopf.

Der im Dienst ergraute Kollege des Hauptkommissars war sichtlich erschüttert über die Spirale der Gewalt, die sich in so einer Form nach seiner Aussage noch nie auf Fehmarn ereignet hatte. Vermutlich war nicht nur Alkohol genossen worden, sondern auch andere Drogen. Die aufgeputschten Gäste wurden im Verlauf der spontanen Veranstaltung offenbar immer aggressiver. Zuerst war es zu Pöbeleien gekommen, bevor die ersten Fäuste flogen.

»Nach Auskunft der Zeugen eskalierte es innerhalb von zehn Minuten und endete in einer unkontrollierbaren Massenschlägerei«, beendete der Polizeiobermeister seinen Bericht.

Irgendwann hatte jemand den leblosen Körper im seichten Wasser entdeckte und Benedikt Woltereit an den Strand geholt.

»Er hat diverse Verletzungen, doch niemand will etwas von einer Auseinandersetzung mitbekommen haben. Hier sind einige Aufnahmen, die ich angefertigt habe, bevor der Notarzt mit Woltereit ins Krankenhaus gefahren ist«, sagte Hopf und reichte Reuter sein Smartphone.

Bei Benedikt Woltereit handelte es sich um einen Angestellten aus Burg. Er war zufällig auf die Party aufmerksam geworden und hatte als Jurymitglied an der Auswahl der Missen teilgenommen. Reuter musterte die aufgeplatzten Lippen und registrierte die verschmierte Farbe am Kragen seines Poloshirts. Besonders die rötlichen und goldfarbenen Verschmutzungen wurden im Licht der Aufnahme hervorgehoben.

»War Woltereit allein auf der Party oder in Begleitung?«, wollte Reuter wissen.

»Er ist mit seiner Freundin sowie einem weiteren Pärchen an den Strand gekommen. Wir haben mit ihnen gesprochen, aber sie wussten auch nicht, wie Benedikt ins seichte Wasser gelangen konnte«, antwortete Obermeister Hopf.

Auch während der Behandlung durch den Notarzt hatte Hopf weitere Aufnahmen mit seinem Smartphone gemacht. Sie würde ihnen später dabei helfen, gute Berichte über die Geschehnisse des Abends anzufertigen. Auf einer der Aufnahmen war ein Ohrstecker zu sehen, der mit Blut bedeckt war.

»Haben Sie von den Partygästen ebenfalls Fotos gemacht?«, fragte Reuter.

Auch daran hatte der grauhaarige Hopf gedacht. Der Hauptkommissar schaute sich alle Aufnahmen an und fand besonders die Bilder, auf denen die Teilnehmerinnen der Misswahl drauf waren, hilfreich.

»Die Freundin von Woltereit hat also nicht an der Wahl teilgenommen?«, hakte er nach.

»Nein, sie war auch wenig über sein Mitwirken in der Jury begeistert. Es kam zu einem Streit, den die Freunde aber schnell wieder schlichten konnten. Benedikt war vermutlich ein wenig zu eifrig für den Geschmack seiner Freundin«, erwiderte Hopf.

Reuter erinnerte sich an die Gruppe junger Frauen am Feuer und glaubte, darunter Angelika Petersen gesehen zu haben. Er ging zusammen mit Obermeister Hopf zu dem betreffenden Lagerfeuer und fand die Freundin von Woltereit dort vor. Petersen wurde weiterhin von zwei Freundinnen getröstet. Hauptkommissar Reuter störte sich nicht daran und ließ sich von Angelika Petersen den Ablauf des Abends schildern.

»Ja, ich war ein wenig eifersüchtig. Aber später habe ich eingesehen, wie dumm es war«, räumte sie ein.

Nachdem sich die Wogen geglättet hatten, hatte sie den Verlauf des Wettbewerbes verfolgt und war vom Ausbruch der Gewalt total überrascht worden.

»Einige der Teilnehmerinnen waren zu betrunken und ihr Verhalten hat eine Grenze überschritten. Das hat zu Strei-

23. Rätsel-Krimi

tereien unter den männlichen Begleitern geführt und daraus wurde dann diese fürchterliche Schlägerei«, erklärte die Brünette.

Sie blieb in der Nähe ihrer Freunde und hoffte nur, dass Woltereit nichts passieren würde. Wie berechtigt ihre Sorge gewesen war, hatte sie erst nach dem Eintreffen des Rettungswagens erfahren.

»Bis dahin hatten Sie Ihren Freund also nicht wiedergesehen oder gesprochen?«, fragte Reuter.

Angelika Petersen schüttelte den Kopf, sodass der einzelne Ohrstecker am rechten Ohrläppchen im Schein des Feuers aufblitzte. Das linke Ohr war deutlich geschwollen.

»Aber zum Schluss haben Sie doch noch einige Schläge abbekommen, richtig?«, sprach der Hauptkommissar sie darauf an.

»Bei dem Tumult war es nicht möglich, sich gegenseitig ständig zu beschützen. Als ich für einen Augenblick meine Freunde verloren habe, geriet ich wohl in einen Faustkampf zweier Männer. So genau kann ich mich nicht mehr daran erinnern«, schilderte Angelika Petersen, wie sie zu der Verletzung gekommen war.

Ihre Freunde bestätigten, dass man sich mehrfach aus den Augen verloren hatte und überall am Strand wilde Kämpfe ausgetragen wurden.

»Dann schlage ich vor, dass wir Frau Petersen zuerst ins Krankenhaus fahren und sie dort ärztlich versorgen lassen. Anschließend kann sie uns erzählen, wie es zu der Auseinandersetzung mit ihrem Freund kam und warum sie nicht selbst Hilfe geholt hat«, wandte Frank Reuter sich an seinen Kollegen.

Warum nimmt er Angelika Petersen die Schilderung der Ereignisse nicht ab?

Obwohl sie selbst nicht an der Wahl teilgenommen hat, trug sie Reste einer entsprechenden Farbmarkierung im Gesicht. Die gleiche Farbkombination wie sie am Kragen des Opfers zu sehen war. Außerdem befand sich der fehlende Ohrstecker bei Benedikt Woltereit, obwohl Angelika Petersen ihren Freund seit der Wahl der Miss Strand nicht mehr gesehen haben wollte.

24. Rätsel-Krimi

WASSER HAT KEINE BALKEN – FEHMARN/ORTH

Es kam selten genug vor, dass Frank Reuter mit seiner 16-jährigen Tochter ein ganzes Wochenende verbringen konnte. Der Hauptkommissar aus Kiel hatte sich daher zum gemeinsamen Ausflug nach Orth auf Fehmarn überreden lassen. Jasmin brachte einen Vorschlag ein, dem Reuter sich schlecht widersetzen konnte.

»Tim nimmt an dem Kite-Wettbewerb teil. Da müssen wir unbedingt zusehen!«, flehte sie so lange, bis ihr Vater nachgab.

Zuerst lief alles nach Plan. Der Wind frischte von anfänglich zwei Beauforts auf, sodass die Kite-Surfer in der Orther Reede bei beständigen fünf Beauforts ihre Ausrüstung anlegen konnten. Die ersten Fahrten nahmen bald auch Reuter gefangen, da die Dynamik der Boards auf dem Wasser absolut mitreißend war. Der Lauf zur nationalen Meisterschaft enthielt ein zusätzliches Spannungsmoment, da mit Dirk Mommsen ein Außenseiter die größten Chancen hatte. Jasmins Freund gehörte nicht zum Favoritenkreis, war aber dennoch ein leidenschaftlicher Kiter. Nachdem Tim nach zwei Durchgängen aus dem Wettbewerb ausgeschieden war, kam er zum Hauptkommissar und dessen Tochter. Er war es auch, der zuerst die sich abzeichnende Katastrophe erkannte.

»Shit! Was treibt Dirk denn da?«, stieß er erschrocken hervor.

Unwillkürlich folgten Frank Reuter und Jasmin Tims Blick. Sie sahen, wie Dirk Mommsen urplötzlich seinen Schirm fahren ließ und mitsamt des Boards aus beträchtlicher Höhe abstürzte. Innerhalb weniger Minuten brach am Strand und auf dem Wasser die Hölle aus. Rettungskräfte jagten in Schlauchbooten zur Absturzstelle, während der Sprecher über die Außenlautspre-

24. Rätsel-Krimi

cher die Unterbrechung des Wettbewerbs verkündete. Der Hauptkommissar eilte zusammen mit Jasmin und Tim hinüber zur Absturzstelle. Dort hatten bereits drei uniformierte Polizisten die Absicherung vorgenommen, um die Schaulustigen abzuhalten. Automatisch zückte Reuter seinen Dienstausweis, der bei den Kollegen ungläubige Blicke auslöste.

»Landeskriminalamt? Was ist denn los, Herr Hauptkommissar?«, fragte Hauptmeister Thamsen.

»Hoffentlich nichts, Herr Thamsen. Ich möchte mir aber zunächst Gewissheit verschaffen«, erwiderte Reuter.

Es war ihm ein wenig unangenehm, seine Stellung als Hauptkommissar auszunutzen. Doch Tim und Jasmin brannten darauf, zu dem verunglückten Freund zu gelangen. Schließlich durften sie in Reuters Begleitung weitergehen. Ein Rettungswagen rollte bis zur Wasserlinie und nahm gleich darauf den Kiter an Bord. Reuter eilte hinüber zu dem Pulk von Menschen neben dem Rettungswagen.

»Wie geht es Mommsen?«, fragte er.

Einer der Männer trug eine rote Weste, die ihn als Mitglied der Jury auswies. Er war es, der antwortete. »Offenbar ein Materialfehler. Mommsen konnte nicht verhindern, dass er die Kontrolle über den Schirm verlor«, sagte er mit belegter Stimme.

Aus dem Augenwinkel sah der Hauptkommissar, wie Tims Gesicht sich verfinsterte. Bevor der junge Mann etwas sagen konnte, zog Reuter ihn schnell zur Seite.

»He, was soll das denn werden! Niemals war das ein Fehler von Dirk. Der achtet immer auf sein Material«, schimpfte Tim.

Jasmin schaute verwirrt von ihrem Vater auf ihren Freund, dessen verändertes Verhalten ihr natürlich nicht entgangen war.

»Verstehst du genug davon, um seine Ausrüstung überprüfen zu können?«, wollte Reuter von Tim wissen.

»Absolut. Wenn ich sie mir ansehen kann, wissen wir bald Bescheid«, versicherte er.

24. Rätsel-Krimi

Der Hauptkommissar kannte den Freund seiner Tochter lange genug, um von seiner Ernsthaftigkeit überzeugt zu sein. Er suchte das Jurymitglied und wies sich als Ermittler des LKA aus.

»Was deuten Sie denn da an?«, protestierte der Mann.

»Ich bin dazu verpflichtet, den Vorfall zu untersuchen. Wir müssen ausschließen, dass mehr als nur ein Unfall vorliegt«, erklärte Frank Reuter.

Fünf Minuten später stand er im Zelt des Veranstalters, in dem sich auch die Mitglieder der Jury aufhielten. Nur sie und die Teilnehmer am Wettbewerb hatten freien Zugang zum eingezäunten Bereich dahinter. Hier hielten sich die Wettkämpfer auf und lagerten ihr Material. Hauptkommissar Reuter hatte sich Hauptmeister Thamsen zur Verstärkung geholt und den Kollegen über den Verdacht informiert.

Alex Breitkopf, der Leiter der Veranstaltung, schaute die Beamten fassungslos an. »Jemand soll Mommsens Material sabotiert haben? Das halte ich für reichlich utopisch, Herr Reuter. Es geht heute natürlich um einiges, aber so viel steht dann doch nicht auf dem Spiel«, stieß er hervor.

»Wir werden es wissen, sobald wir einen Blick auf das Material geworfen haben«, blieb der Hauptkommissar unnachgiebig.

Weder Breitkopf noch den Mitgliedern der Jury sagte es zu, dass mit Tim Fahrenholz einer der Teilnehmer des Wettbewerbs als Fachmann fungieren sollte. Ihre Proteste wischte Reuter jedoch mit einer Handbewegung fort. »Es wird selbstverständlich zu einem späteren Zeitpunkt ein echter Sachverständiger die formale Begutachtung vornehmen. Mir geht es ausschließlich darum, ob ein Anfangsverdacht besteht und wir die Staatsanwaltschaft einschalten müssen«, erklärte er entschieden.

Der laufende Wettbewerb war mittlerweile komplett abgesagt worden. Die finalen Läufe würden zu einem späteren Zeit-

24. Rätsel-Krimi

punkt nachgeholt werden. Die Jurymitglieder zerstreuten sich. Frank Reuter sah einem von ihnen nach, wie er gerade einige Plakate von einer Stellwand abnahm. Darauf wurde ein Sonderlauf beworben, an dem auch der aktuelle Deutsche Meister teilnehmen sollte. Reuter überflog die Namen. Es war nicht Dirk Mommsen, mit dem dort groß geworben wurde. Er trat neben den Mann und deutete auf eines der Plakate. »Simon Behrens hat nach Mommsen die besten Aussichten auf den Titel, richtig?«, fragte er.

Der Mann krauste die Stirn, schaute auf den Namen auf dem Plakat und wandte sich dann Reuter zu. »Ja, das stimmt. Nach dem Ausfall von Mommsen wird er seinen Titel sicherlich verteidigen.«

Der Hauptkommissar ging hinüber zu Jasmin und Tim. Er wollte wissen, was sie von der Konkurrenzsituation zwischen Behrens und Mommsen hielten.

»Wer den Titel hat, bekommt die beste Unterstützung. Schon der Vizemeister muss sich enorm strecken, um einen Ausrüstervertrag zu ergattern. Für Behrens geht es um die Teilnahme an den europäischen Meisterschaften im Team Deutschland. Als erneuter Gewinner der nationalen Ausscheidungen wäre ihm ein Startplatz sicher«, schilderte Tim die Ausgangslage.

Eine halbe Stunde später hockten Frank Reuter, Hauptmeister Thamsen sowie Tim neben der aus der Ostsee geborgenen Kite-Ausrüstung von Dirk Mommsen. Jasmins Freund hatte sie mit fachkundigen Handbewegungen im Gras ausgebreitet. Sein forschender Blick wanderte darüber und nebenbei murmelte er verschiedene Begriffe. »Das ist ein Fünf-Leiner. Dort sind die Bar, sowie Steuerungs- und Sicherheitsleinen.«

Reuter hielt seine Fragen zurück. Tim sollte sich ungestört ein Bild machen. Auf einmal schoss die Rechte von ihm vor und packte einen in Reuters Augen unscheinbaren Ausrüstungsgegenstand. »Das ist nicht der Safety von Dirk. Seine Ausrüstung ist auf Topniveau«, stieß er hervor.

Als er den fragenden Blick des Hauptkommissars bemerkte, führte er seine Aussage weiter aus. »Das ist eine Sicherung, die ein ungewolltes Lösen des Schirms vom Trapez verhindern soll. Diese Öse reicht für einen Amateurkiter völlig aus, aber unter Wettbewerbsbedingungen setzen wir stärkeres Material ein.«

Vorerst reichte Reuter diese Ausführung. Tim schwor Stein und Bein, dass Dirk Mommsen niemals mit einer unzureichenden Ausrüstung in den Wettbewerb gegangen war.

»Wer immer die Sicherung ausgetauscht hat, muss es unmittelbar vor Dirks Start getan haben. Er hat seine Ausrüstung vorher immer überprüft und dann wäre es ihm sicherlich aufgefallen. Aber wenige Augenblicke vor seinem Aufruf hat er dafür keine Zeit mehr«, sagte Tim.

Für Reuter gab es einen Hauptverdächtigen. Als er sich darüber mit Tim unterhielt, winkte der entschieden ab.

»So etwas würde Simon niemals machen«, ließ er nichts auf den Mitstreiter kommen.

Kurz darauf konnte Hauptmeister Thamsen zusätzlich ein handfestes Alibi des jungen Kiters nachweisen. Jetzt standen der Hauptkommissar und der uniformierte Kollege im Zelt. Sie wussten nun, dass es ein Anschlag und nicht nur ein unglücklicher Unfall gewesen war.

»Wer sollte sonst noch ein Interesse daran haben, dass Mommsen die Nachfolge von Behrens antritt?«, fragte Thamsen halblaut.

Bevor Reuter die Frage beantworten konnte, musste er einer Sache auf den Grund gehen. Er suchte den Veranstalter des Wettbewerbs und erkundigte sich nach den Kosten sowie den Einnahmen. Die Auskünfte ließen aus der Ahnung des Hauptkommissars Gewissheit werden.

»Die Kosten sind natürlich enorm und wehe das Wetter

24. Rätsel-Krimi

spielt nicht mit oder die Stars kommen nicht zu der Veranstaltung. Da geht einem schnell die Luft aus«, versicherte der sichtlich betroffene Veranstalter.

Bereits Monate zuvor mussten Sponsoren gewonnen und die Werbetrommel gerührt werden. Reuter dankte dem Mann und kehrte zu Hauptmeister Thamsen zurück, der mit Tim und Jasmin zusammenstand.

»Dann werden wir der Staatsanwaltschaft heute wohl noch keinen Verdächtigen präsentieren können, oder?«, fragte Reuters Kollege.

»Doch, ich denke schon«, widersprach der Hauptkommissar.

»Simon hat es bestimmt nicht getan«, trat Tim erneut für seinen Freund ein.

Frank Reuter ging einige Schritte zur Seite, um den diensthabenden Staatsanwalt über den Vorfall zu informieren. Er konnte einen dringend Verdächtigen benennen.

Wen hat der Hauptkommissar in Verdacht und wie ist er ihm auf die Schliche gekommen?

Auf dem Plakat des Jurymitgliedes wird mit der Teilnahme von Simon Behrens, des alten und neuen Deutschen Meisters, geworben. Doch das stand zu dieser Zeit noch nicht fest. Er muss die Ausrüstung von Mommsen manipuliert haben, um einen möglichen finanziellen Schaden abzuwenden.

25. Rätsel-Krimi

HOCH HINAUS IN BURG AUF FEHMARN

Sein Blick erfasste die gelben Tafeln, die mit Namen gefüllt waren. Für Frank Reuter stellte es eine fragwürdige Beschäftigung dar, in seiner Freizeit an ausgedienten Silos hinaufzuklettern. Vermutlich lag es in seiner Höhenangst begründet. Kommissar Laubner räusperte sich.

»Alle gehen davon aus, dass es ein Unfall gewesen ist«, sagte er.

Der Kollege von Hauptkommissar Reuter aus Burg auf Fehmarn war zu dem Unglücksfall gerufen worden. Er kannte die Anlage und die Betreiber des Siloclimbing im Burgstaaken. Kommissar Laubner bezweifelte daher sofort, dass der Absturz von Caroline Helmer tatsächlich ein Unfall gewesen war.

»Sie trauen der Darstellung aber nicht«, erwiderte Reuter. Der Hauptkommissar vom LKA aus Kiel musste selbst entscheiden, wie er an die Vernehmungen herangehen wollte. Frau Helmer gehörte zu einer Klettergruppe, die extra aus Höxter nach Fehmarn gekommen war. Die 40-Meter-Tour an dem Silo hatte sie angelockt.

»Alle Mitglieder der Gruppe sind sehr erfahrene Kletterer. Jeder hat seinen bewährten Sicherungspartner dabei und die Anlage ist erstklassig. Es gab hier noch nie einen Unfall«, erklärte Laubner.

Dennoch war im Morgengrauen die schwer verletzte Caroline Helmer von einem der Betreuer der Gruppe gefunden worden. Sie hatte diverse Brüche und schwere Prellungen erlitten, die nach Aussage des Arztes nur von einem Sturz aus großer Höhe resultieren konnten. Niemand aus der Gruppe wollte Frau Helmer vermisst haben und keiner wusste einen Grund, warum sie in der Nacht allein am Silo geklettert sein sollte. Durch die Kopfverletzungen hatte sie offenbar eine teilweise Amnesie erlitten, sodass eine Befragung der im Krankenhaus liegenden Frau zurzeit wenig Sinn hatte. Über den eigentli-

25. Rätsel-Krimi

chen Zwischenfall konnte sie laut Auskunft des behandelnden Arztes nichts aussagen.

»Die Aufnahmen auf ihrem Smartphone sind zu verwackelt, um uns einen Hinweis zu geben«, stellte Reuter fest, nachdem er sich zum dritten Mal angesehen hatte.

Wie durch ein Wunder hatte das schmale Mobiltelefon den Sturz unbeschadet überstanden und als der Kollege aus Burg den Inhalt überprüfte, stieß er auf diese kurze Aufnahme. Sie zeigte verwackelte Bilder, auf denen man mit einiger Mühe den Silo sowie den Platz davor erkennen konnte. Für einen winzigen Augenblick tauchte am Rand einer Sequenz ein gelb-roter Schatten auf. Mehr war leider nicht zu erkennen.

»Wollen Sie mit den anderen Teilnehmern der Klettertour sprechen?«, fragte Kommissar Laubner.

Zuvor suchte Reuter jedoch das Gespräch mit den Betreibern, um sich selbst einen Eindruck zu verschaffen. Er kam sehr schnell zu der Überzeugung, dass sein Kollege aus Burg diese Menschen richtig einschätzte, und hielt die Betreiber für kompetent und verantwortungsbewusst. Anschließend ging Reuter hinüber zu dem Climber Café, in dem ihn die Gruppe aus Höxter erwartete. Vor dem Eingang stand eine Reihe von Fahrrädern, die von den Betreibern für ihre Gäste als zusätzliches Angebot zur Verfügung standen. Reuter musterte die verschiedenen Typen, darunter auch mehrfarbige BMX-Bikes. Er betrat das Café und stellte sich vor. Danach zog er sich zurück, um mit jedem der acht Kletterer allein zu sprechen. Kommissar Laubner blieb bei den anderen Touristen. Der jungen Frau mit den roten Locken stellte der Hauptkommissar zunächst eine spezielle Frage.

»Wie kommt es, dass Sie und Frau Helmer sich den gleichen Sicherungspartner teilen?«, fragte er Astrid Unger.

Die sportliche Bürokauffrau erwiderte seinen forschenden Blick mit einem unsicheren Lächeln. »Thomas und Caroline waren früher ein Paar. Ich habe es erst erfahren, als wir uns im Zug von Höxter nach Hamburg getroffen haben. Sie wollte mit ihrem Verlobten an der Tour am Silo teilnehmen, aber Yannick musste kurzfristig für einen erkrankten Kollegen in der Firma einspringen. Thomas bot ihr an, sie zu sichern, damit Caroline nicht auf die Tour verzichten musste«, antwortete sie.

Es sollte lediglich ein Freundschaftsdienst sein, wie Thomas seiner aktuellen Freundin versicherte. Reuter lehnte sich zurück und legte den Kopf leicht schräg.

»Sie haben es ihm aber nicht abgekauft, nicht wahr?«, fragte er.

Für einen Augenblick lang umwölkten sich Astrid Ungers Augen.

»Ich weiß doch, wie sehr Thomas unter der Trennung gelitten hat«, wisperte sie.

»Dann hat sich Frau Helmer also von ihm getrennt und nicht umgekehrt?«, hakte Reuter nach.

»Ja. Es liegt erst ein gutes Jahr zurück und deswegen fand ich die Idee mit der Sicherung nicht wirklich gut«, bestätigte Astrid Unger.

Ihre Stimme hatte an Kraft gewonnen. In den grünen Augen konnte der Hauptkommissar aufsteigenden Trotz erkennen.

»Wo waren Sie heute Nacht?«, fragte er.

Reuter wollte nicht lange um den heißen Brei herumreden. Die Polizei suchte nach einem Verdächtigen und Astrid Unger war derzeit die Nummer eins auf der Liste.

»In unserem Wohnmobil. Thomas und ich haben es uns hier auf der Insel gemietet, damit wir anschließend ein wenig durch Schleswig-Holstein fahren können. Wir haben darin geschlafen. Keiner von uns war in der Nacht draußen«, versicherte sie.

Der Hauptkommissar ließ sich die Abläufe vom Vortag schildern und bohrte nach, als Unger von den Aufstiegen am Silo berichtete. Ihr Freund hatte zuerst sie und später Caroline Helmer gesichert. Nach ihrer Schilderung war alles harmonisch verlaufen. Aus den anderen Vernehmungen wusste Reuter jedoch, dass alle Spannungen bei dem Trio registriert hatten. Vorerst ließ er es auf sich beruhen. Ihn interessierte viel mehr, wie Thomas Kärcher es darstellen würde. Reuter brachte die Bürokauffrau zurück ins Café und suchte nach dem Maschinenbautechniker. Kärcher stand bei den Fahrrädern und rauchte eine Zigarette.

»Sie und ihr Freund haben sich BMX-Räder gemietet?«, fragte Frank Reuter.

Astrid Unger folgte seinem Blick. Kärcher saß auf dem Sattel eines rot-gelb lackierten Rades, wobei er seine Beine weit von sich streckte. Daneben stand ein blau-silber angemaltes Rad, bei dem der Sattel wesentlich höher eingestellt war.

»Ja, wir lieben die Bewegung an der frischen Luft«, antwortete Unger.

Hauptkommissar Reuter holte Thomas Kärcher zuletzt zur Vernehmung ab. Der Techniker folgte ihm mit finsterer Miene. Die Fragen beantwortete er mit knapper Unfreundlichkeit. Es war unübersehbar, dass er die gesamte Situation überflüssig fand.

»Können wir es ein wenig abkürzen, Herr Kommissar? Ich möchte zu Caroline ins Krankenhaus«, bat er.

»Vorher würde ich gerne erfahren, was gestern vorgefallen ist. Gab es Streit zwischen Ihnen und den beiden Frauen?«, fragte Reuter.

»Das hat Astrid so erzählt?«, stellte er eine Gegenfrage und schnaubte dann verärgert.

Der Hauptkommissar schwieg und wartete ab. Die wenigsten Menschen ertrugen anhaltendes Schweigen und plauderten nach einer Weile drauflos, nur um die Stille zu durchbrechen. Thomas Kärcher erging es genauso.

»Sie hat jeden Handgriff mit Argusaugen verfolgt. Astrid war von Anfang an gegen die Absicherung von Caroline. Dabei war es nur ein Freundschaftsdienst«, erklärte er.

Kärchers Schilderung nach empfand er keinerlei Gefühle mehr für seine frühere Freundin. Er konnte die Aufregung von Frau Unger nicht nachvollziehen.

»Stimmt es, dass Sie und Frau Unger die gesamte Nacht

25. Rätsel-Krimi

gemeinsam im Wohnmobil verbracht haben?«, wollte Frank Reuter wissen.

Der Maschinenbautechniker krauste die Stirn und zuckte dann mit den Schultern.

»Ja, in getrennten Betten. Astrids schlechte Laune ging mir an die Nieren. Deswegen habe ich zu viel getrunken und sie zog es vor, im Vorzelt zu schlafen«, antwortete Kärcher und setzte eine verdrießliche Miene auf. »War's das jetzt? Ich möchte wirklich gerne zu Caroline. Sie kennt außer mir doch keinen auf Fehmarn«, bat er erneut.

Zuvor ließ sich Reuter noch bestätigen, dass Kärcher in der Nacht keine verdächtigen Geräusche gehört hatte. Anschließend beendete er die Vernehmung und kehrte mit ihm zurück zum Climber Café. Dort zog Reuter seinen Kollegen aus Burg ein Stück zur Seite, nachdem er die Touristen vorerst entlassen hatte. Sie mussten alle ihre Aussagen zu Protokoll geben und durften Fehmarn noch nicht verlassen. Kommissar Laubner schaute ihnen nach, wie sie nacheinander das Café verließen. Sein Blick blieb an Astrid Unger und Thomas Kärcher hängen, die zu ihren Fahrrädern gingen.

»Er war es, nicht wahr? Die alten Gefühle sind wieder aufgebrochen und als er sich zu einem nächtlichen Rendezvous mit Frau Helmer traf, kam es zu einem Streit«, sprudelte es aus Laubner hervor.

Hauptkommissar Reuter löste den Blick von dem Pärchen, welches sich stumm nebeneinander vom Café entfernte.

»Warten wir noch die Ergebnisse der Kriminaltechnik sowie der Rechtsmedizin ab, Herr Kollege. Ich denke aber, wir kennen den Täter«, erwiderte er.

Wen hat Hauptkommissar Reuter unter Verdacht und weshalb?

Lösung: 25. Rätsel-Krimi

Reuter hält Astrid Unger für die Täterin. Der gelb-rote Schatten am Rand der Handyaufnahme passt zu den Farben ihres BMX-Rades. Der tief eingestellte Sattel hat dem Hauptkommissar verraten, dass es nicht Thomas Kärchers Rad sein konnte.

26. Rätsel-Krimi

DAHMER STRANDGUT

Der auflandige Wind jagte mit vier bis fünf Beaufort übers Wasser und zerrte an der Kapuze von Hauptkommissar Reuters Jacke. Er hatte sich den Weg bis hinunter zum Strand in Dahme von einem der uniformierten Kollegen beschreiben lassen. Als der Ermittler des Landeskriminalamtes sich entlang der Wasserkante dem abgesperrten Bereich näherte, fielen ihm zwei Dinge sofort ins Auge: Vier in den Sand gestellte Angelruten und die Felsen, zwischen denen der Tote lag. Ein kleiner Mann mit erkennbarem Kugelbauch unter dem dunkelblauen Parka löste sich aus der Gruppe von Kriminaltechnikern. Er ging Reuter entgegen und stellte sich als Kommissar René Burger vor.

»Der Tote heißt Ludwig Heesch. Er verbrachte seinen Angelurlaub hier in Dahme. Heesch hat in Hannover gelebt und bislang scheint niemand einen Grund für den Mord zu sehen, seine Familie und Freunde wurden bereits befragt wurden«, fasste der Kommissar seine bisherigen Ergebnisse für Reuter zusammen.

Zwei Obdachlose hatten den Toten im seichten Wasser treibend entdeckt und geborgen.

»Ich kenne Ole und Fiete schon lange. Die beiden sind völlig harmlos und haben uns gleich informiert«, sagte Burger.

Während Ole sich mit Wiederbelebungsversuchen um den scheinbar Verunglückten gekümmert hatte, hatte sein Freund die Rettungskräfte alarmiert.

»Er hat ein Handy dabei?«, fragte der Hauptkommissar erstaunt. Reuter hatte nicht erwartet, dass sich ein Obdachloser einen Vertrag oder eine Gebührenkarte leisten konnte. Kommissar Burger erklärte seinem Kollegen, dass Ole und Fiete nur bedingt obdachlos waren.

»Im Sommer verdienen sie sich als Ernte- oder Bauhelfer

26. Rätsel-Krimi

ihren Lebensunterhalt. Doch jetzt zum Winter hin, bekommen sie keine Arbeit. Die Sozialhilfe reicht gerade so aus, um die schlechten Monate in einem alten Wohnwagen zu überstehen.«

Bevor Reuter mit den beiden Zeugen sprechen wollte, nahm er den Tatort genauer unter die Lupe. Heesch war ein passionierter Angler und kam regelmäßig im Spätherbst nach Dahme, um sich als Brandungsangler zu versuchen. Kommissar Burger war selbst Angler. »Im Herbst und Winter kann man die Plattfische zwischen den Sandbänken bestens fangen. Man muss sich nur gut anziehen, um das Wetter aushalten zu können«, sagte er.

Burger zeigte dem Hauptkommissar die Ausrüstung des Toten. Ludwig Heesch hatte eine kleine Handkarre benutzt, um seine Angelausrüstung, Kleidung zum Wechseln, sein Sandwich sowie eine Thermoskanne mit frischem Kaffee zu transportieren. Reuter schaute sich alle Gegenstände an und zum Schluss noch einige Fotografien des Toten, die Kommissar Burger sich von der Ehefrau aus Hannover hatte schicken lassen.

»Sehr praktisch so eine Weste«, stellte Reuter fest.

Auf einer der Aufnahmen war Heesch in voller Anglermontur an einem Strand zu sehen. Über die warme Jacke hatte er eine grüne Weste mit kleinen Taschen und Ösen angezogen. Neben seinem rechten Bein stand eine blaue Kühlbox, in der Heesch vermutlich die gefangenen Fische packte. So blieben sie länger frisch.

»Ja, da kann man seine Köder oder Ersatzschnur verstauen. Es gibt Taschen für das Handy oder Zigaretten, daher tragen die meisten Angler solche Westen«, sagte René Burger.

Nebenbei erzählte er seinem Kollegen noch, dass der Tote als Unternehmensberater tätig gewesen war. Die Ehefrau und der volljährige Sohn verfügten über ein Alibi, das bereits von den Kollegen aus Hannover überprüft worden war. Die Vernehmungen der Familienangehörigen und von Freunden sowie an der Arbeitsstelle von Ludwig Heesch hatten kein Motiv für einen Mord aufgezeigt. Die zügige Reaktion der Kollegen aus Hannover wurde durch den Umstand ermöglicht, dass Wohnort und Arbeitsstätte nur wenige Kilometer auseinanderlagen und die Befragten im gleichen Stadtteil lebten. Frank Reuter schaute über den Strand und wandte sich dann an seinen Kollegen.

»Was denken Sie? Wurde er das Opfer eines zufälligen Überfalls?«, fragte er.

Obwohl alles im Augenblick dafür sprach, konnte Kommissar Burger sich mit dieser Möglichkeit schlecht anfreunden.

»Ja, das verstehe ich. Mir will es auch nicht einleuchten«, stimmte Reuter zu.

Er ließ sich anschließend den Stellplatz zeigen, auf dem der Wohnwagen der beiden Obdachlosen stand. Die Außenhülle war fleckig und zum Teil von Moos bewachsen. Sehr lange würden Ole und Fiete darin nicht mehr überwintern können. Der Wagen stand auf dem Gelände der Gemeinde und wurde seit geraumer Zeit lediglich geduldet.

»Im Grunde wissen sie nie, wann ihr Wohnwagen abgeschleppt wird«, sagte Burger und man konnte Mitleid in seiner Stimme hören.

Er klopfte an, bevor er die Tür öffnete. Frank Reuter folgte seinem Kollegen und betrachtete die beiden Männer, während Burger ihn vorstellte. Ole war bis auf einen schmalen Haarkranz nahezu kahlköpfig und ein ungepflegter Dreitagebart zierte sein Gesicht. Die braunen Augen waren rot gerändert, Reuter vermochte in Ihnen eine gewisse Intelligenz erkennen. Fiete war ein dürrer Mann mit nach allen Seiten abstehenden roten Haaren. Sein ausgemergeltes Gesicht war von Sommersprossen überzogen und der Blick seiner blauen Augen war unstet.

»Schildern Sie mir bitte noch einmal genau, was passiert ist«, bat Hauptkommissar Reuter.

Während meistens Ole redete und Fiete nur gelegentlich zustimmend brummte, wanderte Reuters Blick durch den

26. Rätsel-Krimi

Wohnwagen. Unter der kleinen Spüle fehlte eine Tür, sodass er die blaue Kühlbox erkennen konnte. Im Gegensatz zur restlichen Einrichtung wirkte sie noch sehr neu. Es gab zwei Schlafstätten, auf denen sich schmutzige Kleidung mit einem Daunenschlafsack um den Platz stritt.

»Ich habe schließlich begriffen, dass dem armen Teufel nicht mehr zu helfen ist«, schloss Ole seinen Bericht.

Auf dem Tisch lagen die Personalausweise beider Männer, die Reuter sich nacheinander anschaute. Schließlich hob er den Blick und schaute Ole neugierig an. »Sie haben früher in Garbsen gelebt?«, fragte er.

Der kahle Schädel nickte zustimmend. Hauptkommissar Reuter wollte von beiden Männern wissen, wie es in ihrem früheren Leben ausgesehen hatte. Ole hieß mit Familiennamen Weinhold. Sein Leben verlief bis zum 42. Lebensjahr geregelt. Nach dem Abitur hatte Ole Betriebswirtschaft studiert und schnell eine Anstellung bei einem Reifengroßhändler in Hannover gefunden. Sein Leben geriet aus der Bahn, nachdem eine Unternehmensberatung den Inhabern eine Reihe Maßnahmen zur Kostenreduzierung vorgeschlagen hatte.

»Ich bekam eine Abfindung, doch für ähnliche Positionen in anderen Firmen war ich bereits zu alt«, erzählte Ole.

Der unaufhaltsame, soziale Abstieg begann und hatte sein vorläufiges Ende in diesem schäbigen Wohnwagen in Dahme gefunden. Fietes Geschichte war kürzer. Er hatte mit Ach und Krach die Hauptschule abgeschlossen. Anschließend schlug er sich mit diversen Hilfsarbeiterjobs durchs Leben. Der Alkohol wurde sein bester Freund und kostete ihn seine Existenz. Vor zwei Jahren traf er auf Ole und sie beschlossen, eine Weile zusammenzuleben. Fiete konnte seine Geschichte nur in abgehackten Sätzen vortragen und zog mittendrin eine Packung Tabak aus einer der vielen Taschen seiner grünen Weste, um sich umständlich eine Zigarette zu drehen. Reuter und Burger drängten ihn aber nicht, sondern hörten aufmerksam zu.

26. Rätsel-Krim

»Angeln Sie eigentlich auch, Fiete?«, fragte der Hauptkommissar.

»Nö, das ist mir zu langweilig«, antwortete er knapp.

Daraufhin wandte Reuter sich wieder an Ole.

»Sie wirken immer noch sehr wütend, wenn Sie von den Maßnahmen der Unternehmensberatung erzählen. Haben Sie den verantwortlichen Berater noch einmal irgendwo getroffen?«, fragte Reuter.

Ole kniff die Lider zusammen und musterte den Hauptkommissar misstrauisch. »Nein, habe ich nicht. Warum fragen Sie?«, erwiderte er stockend.

Aus dem Augenwinkel sah Reuter, wie Fiete nervös mit den Fingern an den Verschlüssen seiner Weste hantierte.

»Weil Sie den Mann, den Sie für das Scheitern Ihres Lebens verantwortlich machen, heute Vormittag am Strand getroffen haben. Ich nehme an, dass Sie Herrn Heesch sofort wiedererkannten und es zu einem Streit kam. So war es doch, oder?«, erklärte Hauptkommissar Reuter.

Wodurch ist Reuter auf Ole als Täter gekommen?

Lösung: 26. Rätsel-Krimi

Heeschs Kühlbox befindet sich im Wohnwagen der beiden Obdachlosen. Fiete trägt außerdem dessen Anglerweste, obwohl er selbst nicht angelt. Ole hat für seinen Absturz Heesch verantwortlich gemacht und ihn im Streit erschlagen.

27. Rätsel-Krimi

TÖDLICHE GONDELFAHRT IN GRÖMITZ

Von der Strandpromenade her vernahm Hauptkommissar Reuter den Klang von Walkingstöcken. Die Gruppe der Aktivurlauber marschierte in beachtlichem Tempo über die Promenade von Grömitz. Einige schauten kurz hinüber zu der kleinen Gruppe, die vor der offenen Tür der Tauchglocke stand. Frank Reuter hatte sich den Tatort genau angesehen. Ihm war die blutige Kopfwunde genauso wenig entgangen wie die öligen Flecke auf dem Sitz. Bevor er mit dem studierten Meeresbiologen, der den Toten entdeckt hatte, sprechen wollte, ließ Reuter sich von dem Rechtsmediziner dessen Einschätzung geben.

»Severing muss mit jemandem an Bord gewesen sein. Mit dem Unbekannten kam es dann offenbar zu einer handfesten Auseinandersetzung, die zum Tod des Technikers führte«, erklärte Dr. Bracke, der vom Rechtsmedizinischen Institut aus Kiel gekommen war.

Hauptkommissar Reuter machte den gleich darauf eintreffenden Kriminaltechnikern Platz, die jede noch so winzige Spur in der Glocke sichern würden. Lediglich die Tasche von Klaus Severing hatte der Ermittler mit hinaus auf den Steg genommen. Darin fand er diverse technische Handbücher, einen Block mit handschriftlichen Notizen sowie ein Handy. Das Gerät entdeckte Reuter mehr zufällig, da es in eine Falte der Ledertasche geklemmt war. Auf dem Gehäuse war ein öliger Fleck, genau wie auf dem Sitz am Fenster. Hauptkommissar Reuter trat zu Hofreiter, dem wartenden Meeresbiologen.

»Herr Severing hat am Abend noch eine SMS erhalten. Darin bittet ihn sein Freund aus Grö um ein Treffen an Bord der Gondel. Können Sie sich vorstellen, wer dieser Freund sein könnte?«, fragte der Hauptkommissar, nachdem er die Textnachricht entdeckt hatte.

27. Rätsel-Krimi

Hofreiter schaute betroffen auf das Handy und schüttelte dann stumm den Kopf.

»Herr Severing ist ein Wartungstechniker, der seit 2009 regelmäßig den ordnungsgemäßen Zustand der Tauchglocke überprüft und bescheinigt«, erklärte Phillip Hofreiter und rieb dabei an einem Fleck auf seiner Hose herum.

Er war einer der Angestellten, die jeden Tag mit Touristen die Fahrt in die Tiefe antrat. Neben dem eigentlichen Erlebnis des Tauchganges wurde den Touristen auch gleich einiges Wissen über Flora und Fauna der Ostsee vermittelt. Dafür hatte Grömitz zwei studierte Meeresbiologen engagiert, die über die erforderliche Qualifikation verfügten. Phillip Hofreiter war einer davon und hatte unmittelbar nach Inbetriebnahme der Tauchglocke seine Arbeit aufgenommen. Als er an diesem Donnerstag im September seinen Dienst hatte antreten wollen, entdeckte Hofreiter die nur angelehnte Tür der Glocke.

Während er mit Reuter sprach, kehrte langsam wieder ein wenig Farbe in das Gesicht unter den auffällig roten Locken zurück.

»So etwas gab es noch nie und mir war klar, dass irgendetwas nicht in Ordnung war«, schilderte er seine Empfindungen in diesem Augenblick.

Phillip Hofreiter war in die Glocke gestiegen und hatte den scheinbar schlafenden Techniker in einem der Sitze an einem Fenster gesehen. Als er Klaus Severing hatte wecken wollen, rutschte der Leichnam zu Boden. Daraufhin verließ Hofreiter die Glocke und alarmierte die Polizei. Reuter wollte gerade seine nächste Frage stellen, als einer der Kriminaltechniker in der Tür zur Glocke erschien und Reuter ein Zeichen gab. Der entschuldigte sich bei Hofreiter und ging hinüber. »Der Tote stand vor dem Sitz als der Angriff erfolgte. Wollen Sie sich die Spuren ansehen, Herr Reuter?«, erklärte er und machte ein Zeichen in Richtung der Sitze.

27. Rätsel-Krimi

Der Ermittler folgte dem Spezialisten und ließ sich genau schildern, wie Severing zu seiner tödlichen Verletzung gekommen war. Sein Angreifer hatte offenkundig mit großer Wucht den Kopf gegen die Umrandung eines Fensters geschlagen. Vermutlich war Severing nicht sofort tot gewesen.

»Er hat möglicherweise nicht einmal sofort das Bewusstsein verloren. Der Angreifer ahnt eventuell noch nicht einmal, dass er einen Toten auf dem Gewissen hat«, erklärte Dr. Brack.

»Wir haben einige Anhaftungen auf seiner Kleidung entdeckt. Unter anderem diese roten Haare, die der Angreifer bei dem Kampf verloren haben dürfte«, berichtete der Kriminaltechniker und hielt Reuter eine Klarsichthülle mit den Beweismitteln hin.

In einer der beiden Brusttaschen des Overalls von Severing fanden die Spezialisten einen mehrfach gefalteten Zeitungsartikel. Unter einem Gruppenfoto wurde über Langzeitstudenten berichtet, die ihr Studium ohne Abschluss beendet hatten. In dem Bericht ging es um die zunehmende Zahl von Studienabbrechern, die dadurch einen extrem schweren Start in eine berufliche Karriere vor sich hatten. Frank Reuter studierte die Gesichter und bat den Kriminaltechniker, dieses Beweisstück für eine Weile behalten zu dürfen.

»Bringt es Sie denn weiter?«, fragte der Spezialist.

Reuter ließ seinen Blick über den Tatort wandern, dann trat er zu einer Übersichtstafel der Ostseeküste. Darauf konnte er Angaben zur Meerestiefe, den dort existierenden Lebewesen und weitere Informationen ablesen. »Ja, allerdings. Ich denke, ich weiß jetzt, was hier gestern Abend passiert ist«, erwiderte er schließlich.

Der Kriminaltechniker und der Rechtsmediziner tauschten einen überraschten Blick aus.

»Jetzt schon? Das dürfte ein neuer Rekord bei der Aufklärung eines Mordes in Schleswig-Holstein werden«, stieß Dr. Brack mit sichtlicher Anerkennung hervor.

27. Rätsel-Krimi

Doch zu seiner Verwunderung schüttelte Hauptkommissar Reuter den Kopf. »Nein, denn es war kein Mord. Der Täter wurde von der Situation überrascht und hat spontan reagiert. Da steckt keine Planung und auch kein Vorsatz dahinter«, widersprach der Ermittler des Landeskriminalamtes.

Frank Reuter kehrte zurück auf den Steg und erwiderte den forschenden Blick von Phillip Hofreiter. Der Ermittler hob das Handy in die Höhe und tat so, als wollte er die Wahlwiederholung betätigen.

»Sie haben vergeblich nach dem Handy gesucht, nicht wahr? Wenn ich die Taste drücke, geht der Anruf auf Ihr Gerät«, fragte Reuter und ließ Hofreiter gar nicht erst antworten.

»Wie bitte? Äh, vielleicht. Was wollen Sie damit beweisen? Severing und ich kannten uns doch nur flüchtig von der Arbeit. Warum hätte ich ihn töten sollen?«, erwiderte der nach einigen Sekunden.

Was hat Hauptkommissar Reuter entdeckt?

Auf dem Gruppenfoto war auch Hofreiter abgebildet, der sich seine Stellung offenkundig unter falschen Voraussetzungen erschlichen hat. Überführen werden ihn vor allem das rote Haar am Overall sowie der Ölfleck auf seiner Hose. Damit wird bewiesen, dass er unmittelbar vor dem Zusammenbruch des Technikers auf genau dem Sitz gesessen hatte.

28. Rätsel-Krimi

SEGWAY-ROADIES IN TRAVEMÜNDE

Die Sonne hatte noch nicht ihre volle Kraft entwickelt, sodass Hauptkommissar Reuter seine Jacke anbehielt. Er stand auf dem Holzsteg und wandte sich dann langsam um.

»Das ist die Villa Possehl. Der Segway wurde offenbar zuerst gegen das Eingangstor gefahren und anschließend über den Steg hier ins Wasser«, erklärte Polizeihauptmeisterin Carola Wiesner.

Sie hatte das LKA um Amtshilfe gebeten, nachdem in der Nacht zuvor in Travemünde offenbar Randalierer ihr Unwesen getrieben hatten. Mehrere dieser neuen Fortbewegungsmittel waren von dem gesicherten Gelände einer Pension gestohlen worden. Im Anschluss jagten sich die Diebe offenkundig damit gegenseitig durch die Fußgängerzone und später auch hier unten am Wasser. Reuter beugte sich zu einem der Holzpoller hinunter, der frische Spuren einer Beschädigung aufwies. Hauptmeisterin Wiesner hatte einen halben Knopf im Spalt gefunden und sichergestellt. Er gehörte zu einem Jeanshemd einer bekannten Marke, mit einem galoppierenden Hengst als Emblem.

»Hat der Dieb Ihrer Ansicht nach die Kontrolle über das Fahrzeug verloren und wollte dann die Spuren beseitigen?«, fragte Reuter. Noch war ihm nicht wirklich klar, worin das Problem seiner Kollegin aus dem Ostseebad bestand.

»So sieht es auf dem ersten Blick zwar aus, aber das könnte man auch nur so arrangiert haben«, antwortete Wiesner.

Jetzt wurde Reuter hellhörig. Er schaute in die hellblauen Augen der Kollegin, während sie eine Strähne ihrer rotblonden Haare zurück unter das Haarband schob.

»Arrangiert? Wie kommen Sie auf diesen Gedanken?«, wollte er wissen.

Carola Wiesner berichtete von der Reisegruppe, die mit den

28. Rätsel-Krimi

Segways eine Ostseetour unternehmen. Zu Reuters Verwunderung absolvierten 14 Touristen tatsächlich eine Rundtour durch unterschiedliche Orte. Sie waren am späten Nachmittag des gestrigen Tages in Travemünde eingetroffen und hatten lediglich eine kurze Probefahrt an der Strandpromenade zur Eingewöhnung gemacht.

»Dann ging es zur Pension, wo die Segways in einen abgesperrten Bereich eingeschlossen wurden. Die Gruppe hat dann kein gemeinsames Programm mehr gehabt und das Verschwinden der Fahrzeuge erst heute nach dem Frühstück bemerkt«, berichtete Hauptmeisterin Wiesner, die den Anruf des Pensionswirtes entgegengenommen hatte und sofort hingefahren war.

»Die Gruppe war schockiert und der Pensionswirt kann sich beim besten Willen nicht erklären, woher die Diebe von den Segways wissen konnten«, sagte sie. Sie war schnell zu dem Schluss gelangt, dass der Diebstahl kein Zufall gewesen sein kann. »Das Schloss wurde zwar aufgebrochen, aber wer immer das getan hat, wusste sehr genau über den Aufbewahrungsort der Lenkstangen Bescheid«, erklärte Wiesner. Sie fuhr den Streifenwagen über den Strandweg zur Pension. Die Diebe hatten nach ihren Untersuchungen zwar das Schloss am eingezäunten Bereich aufbrechen müssen, aber nicht nach den Lenkstangen suchen. Diese konnten mittels eines Schnellspannverschlusses vom Fahrzeug getrennt werden. Die Veranstalter nutzten diese technische Einrichtung, um die Segways vor unberechtigter Nutzung zu sichern.

»Sie haben vermutlich mit allen Teilnehmern der Tour bereits gesprochen, oder?«, fragte Frank Reuter.

Er hatte sein anfängliches Urteil über die Kollegin längst revidiert. Ganz offenkundig führte sie die Ermittlung sehr gewissenhaft und setzte ihren guten Instinkt ein.

»Ja und dabei sind mir vier verdächtige Personen besonders aufgefallen. Meiner Ansicht nach haben sie, nachdem sie

28. Rätsel-Krimi

einiges getrunken hatten, selbst die Segways genommen und eine nächtliche Ausfahrt unternommen«, stimmte Wiesner zu und schilderte ihre Eindrücke.

Sie war vor drei Jahren nach Travemünde gekommen und kannte die örtlichen Problemkunden bereits sehr gut. Davon gab es keine Gruppe, die zu so einer Tat fähig wäre.

»Natürlich toben sich gerne auch einmal Halbstarke aus Lübeck hier aus, aber meine Überprüfung der Hotels und Pensionen hat keine einschlägig bekannten Personen zutage gefördert«, begründete Wiesner ihre Verdachtsmomente.

Hauptkommissar Reuter sah keinen Grund daran zu zweifeln und hatte daher seine Kollegin gebeten, ihn zur Pension zu fahren. Er wollte selbst mit den vier Verdächtigen sprechen und sehen, wohin ihn die Vernehmung führen würde.

»Sie warten im kleinen Frühstücksraum und bekämpfen ihren Nachdurst«, sagte der Pensionswirt und zwinkerte Reuter dabei verschwörerisch zu.

Der Hauptkommissar stellte sich zwei Minuten später den zwei Männer und Frauen vor. Ihm fiel auf, wie groß der Altersunterschied zwischen ihnen war. Beide Männer, sowohl der beleibte Bauunternehmer als auch der drahtige Referent einer Kleinstadt aus Niedersachsen, hatten das 50. Lebensjahr bereits seit einigen Jahren überschritten. Die beiden Frauen, eine Blondine mit Löwenmähne und eine braunhaarige Erscheinung mit einer beachtlichen Oberweite, waren 24 und 26 Jahre alt.

»Warten Sie, ich helfe Ihnen«, bot Reuter sich an.

Die Löwenmähne hatte Schwierigkeiten mit ihrem Feuerzeug. Ihre Hand zitterte so stark, dass sie die Zigarette nicht entzünden bekam. Reuter warf einen Blick auf die sorgfältig manikürten Nägel. Am Zeigefinger der rechten Hand war ein Teil jedoch abgesplittert, was den Gesamteindruck erheblich minderte. Ansonsten bewies die äußere Erscheinung, welch großen Wert Frau Schmundt darauf legte.

28. Rätsel-Krimi

»Danke. Der Schock sitzt mir immer noch in den Knochen«, hauchte Rita Schmundt.

Reuter erwiderte das Lächeln und wandte sich dann Rainer Langbehn zu. Der Referent saß kerzengrade in seinem Stuhl, schob regelmäßig die Brille zurück auf seine Nasenwurzel. Mit den langgliedrigen Fingern seiner Linken spielte er an einem der Knöpfe an seinem Jeanshemd herum. Eigentlich war es nur noch ein halber Knopf.

»Von Ihnen hat also niemand etwas von dem Diebstahl bemerkt?«, fragte Hauptkommissar Reuter erneut.

Beide Männer und Frauen versicherten nochmals, den gesamten Abend und auch ein Teil der Nacht zusammen gewesen zu sein. Sie hatten nichts von dem Diebstahl mitbekommen und waren daher so geschockt. Frank Reuter ließ seinen Blick über die vier Gesichter gleiten, bevor er sich an Hauptmeisterin Wiesner wandte.

»Zeigen Sie mir bitte die sichergestellten Lenkstangen«, bat er seine Kollegin.

Fünf Minuten später hatte Reuter gefunden, wonach er gesucht hatte. Er drehte eines der Schlösser so, dass Carola Wiesner den winzigen Teil eines abgebrochenen Fingernagels sehen konnte.

»Sie liegen völlig richtig, Frau Kollegin. Wenigstens zwei Ihrer Verdächtigen haben Spuren hinterlassen«, lobte der Hauptkommissar.

Welche Spuren hat Reuter entdeckt und zu welchen Verdächtigen passen sie?

Am beschädigten Holzpoller konnte Hauptmeisterin Wiesner die Hälfte eines sehr auffälligen Hemdknopfes sicherstellen. Am Jeanshemd von Rainer Langbehn bemerkte Reuter eine entsprechende Hälfte. Außerdem war einer der Fingernägel von Rita Schmundt beschädigt, obwohl sie ansonsten so großen Wert auf ihre Erscheinung legt. Einen passenden Rest davon befand sich in der Schnellspannverriegelung eines der Lenkstangen.

29. Rätsel-Krimi

LEICHTE BEUTE IN TRAVEMÜNDE

Für den Hotelmanager war es eine erkennbar unangenehme Situation. Bert Johannsen hatte nach eigenen Angaben noch nie einen Dieb in seinem Luxushotel in Travemünde gehabt.

»Es verschwinden immer nur leicht abzusetzende Wertsachen und Bargeld. Die Diebstähle werden immer nur dann vorgenommen, wenn die Gäste im Spa-Bereich für eine längere Anwendung gebucht sind«, erklärte Johannsen.

Bislang war noch kein Wort über die Vorkommnisse in die Öffentlichkeit gedrungen. Bert Johannsen hatte den Gästen zugesichert, für jeden Schaden umgehend aufzukommen und die Diebe zu fassen. Den zweiten Teil seines Versprechens sollte nun Kommissar Reuter vom LKA Kiel erfüllen. Die Zahl der Verdächtigen ließ sich auf sechs Angestellte eingrenzen, von denen jeder seine Unschuld beteuerte. Reuter würde jeden einzeln befragen.

»Die Liste mit den gestohlenen Gegenständen wird mir sehr helfen«, sagte er.

Johannsen hatte sie wunschgemäß dem Kommissar ausgehändigt. Reuter überflog die Aufstellung und suchte nach Dingen, die ihn auf die Spur des Diebes bringen könnten. Er bestätigte Johannsens Aussage, dass der Täter nur die leicht zu entwendenden Wertgegenstände gestohlen hatte. Die Durchsuchung des gesamten Hotels, einschließlich der Kleiderspinde des Personals, hatte nichts ergeben. Die Beute musste bereits außer Haus geschafft worden sein. Neben einer mit Diamanten besetzten Halskette und einem Herrenring aus Platin, gehörte eine Pilotenuhr aus dem Hause Seiko im Wert von über 2.000 Euro zu den wertvollsten Stücken der Beute.

»Gut. Dann fange ich jetzt mit der Befragung der Verdächtigen an«, teilte Reuter mit.

Er verließ sich auf seine langjährige Erfahrung. Der Dieb würde sich sicherlich verraten. Johannsen führte den Kom-

29. Rätsel-Krimi

missar in eines der Frühstückszimmer, wo Reuter in Ruhe die Vernehmungen durchführen konnte. Zunächst befragte er die drei Verdächtigen, die nach seiner Auffassung am wenigsten in Betracht kamen. Danach widmete er sich den wahrscheinlicheren Kandidaten. Den Anfang machte er mit Simone Allental, die für die Betreuung der Besucher im Wellnessbereich verantwortlich war. Bei der Überprüfung ihrer Vergangenheit war Reuter auf einen Eintrag gestoßen.

»Sie sind schon einmal mit dem Gesetz in Konflikt geraten, richtig?«, fragte er.

Im schmalen Gesicht der zierlichen Blondine arbeitete es. Ihre feingliedrigen Finger spielten mit einem Armband. Verschiedene Elemente aus Silber lenkten Reuters Aufmerksamkeit auf dieses Schmuckstück. Ein dänischer Designer hatte es zu einer weltweiten Erfolgsgeschichte gemacht.

»Es war eine Dummheit, die ich bis heute bereue«, erwiderte Simone mit gepresster Stimme.

Reuter ließ sich ihren Tagesablauf schildern und blätterte dabei durch die Liste der gestohlenen Gegenstände. Schließlich dankte er ihr und lehnte sich zurück, um den eintretenden Jan Baader zu betrachten. Er war drahtig gebaut und besaß ein jungenhaftes Lächeln. Dennoch war seine Anspannung erkennbar.

»Setzen Sie sich. Erzählen Sie mir von Ihren täglichen Aufgaben«, bat Reuter.

Nach fünf Minuten summte es vernehmlich in der Jackentasche von Baader, der irritiert sein Handy herausholte und unsicher auf das Display starrte.

»Mein Bruder. Er wollte sich meinen Wagen ausleihen und fragt nach dem Schlüssel«, sagte er.

Der Kommissar gab seine Einwilligung, sodass Jan Baader kurz zur Tür eilte und dort seinem Bruder den Autoschlüssel aushändigte. Der warf einen Blick auf seine Armbanduhr, bevor er sich verabschiedete. Reuter wartete, bis sich Jan Baader wieder gesetzt hatte.

29. Rätsel-Krimi

»Was macht Ihr Bruder beruflich? Hat er mit der Fliegerei zu tun?«, fragte er.

Der junge Bademeister stutzte und schüttelte verwundert den Kopf. »Nein. Till ist zurzeit arbeitslos. Er ist gelernter Verkäufer und jobbt gelegentlich als Kellner«, antwortete Baader.

Damit war auch diese Befragung abgeschlossen und Reuter ließ den letzten Kandidaten eintreten. Roger Schmitz war etwa im gleichen Alter wie der Kommissar und sichtlich nervös.

»Ich weiß überhaupt nicht, wieso ich unter Verdacht stehe«, beschwerte er sich.

Reuter überging den Vorwurf und ließ sich auch vom Haustechniker sein Arbeitsgebiet beschreiben. Schmitz hatte eine Bewährungsstrafe im System stehen, weil er vor zehn Jahren bei einem Einbruch die Alarmanlage deaktiviert hatte. Es blieb jedoch bei diesem einmaligen Ausrutscher. Während der Vernehmung starrte er wiederholt auf das Display seines teuren Smartphones.

»Stecken Sie in Geldschwierigkeiten, Herr Schmitz?«, fragte Reuter.

Das verneinte der Haustechniker vehement und deutete schließlich auf sein Smartphone. Es gab eine Störung in der Heizungszentrale, wo er dringend benötigt wurde.

»Gehen Sie ruhig, Herr Schmitz. Ich habe genug erfahren«, entließ ihn Reuter.

Kaum war der Haustechniker durch die Tür verschwunden, eilte der Manger in den Raum. Gespannt schaute er zu Kommissar Reuter.

»Wir werden die Wohnungen von Jan Baader und seinem Bruder durchsuchen müssen«, stellte er fest.

»Jan? Wie kommen Sie denn darauf?«, fragte Johannsen ungläubig.

Womit haben die Brüder Baader sich verraten?

Lösung: 29. Rätsel-Krimi

Jans Bruder trug die wertvolle Pilotenuhr, die einem Hotelgast gestohlen wurde.

30. Rätsel-Krimi

TOD EINES BEACH BOYS IN TIMMENDORFER STRAND

Als man Frank Reuter sagte, dass einer der Beach Boys in Timmendorfer Strand ermordet worden war, hielt er es zuerst für einen üblen Scherz. Doch dann studierte er die Akte dazu und wurde eines Besseren belehrt. Die Männermannschaft des einzigen Eishockeyklubs in Schleswig-Holstein trug den Namen Beach Boys und einer von ihnen – Steve Kobler – war jetzt tot. Reuters Kollegen aus Lübeck hatten einen personellen Engpass, weshalb man den Kieler Hauptkommissar nach Timmendorfer Strand geschickt hatte. Nachdem Frank Reuter seinen Dienstwagen auf dem Parkplatz am Eissport- und Tenniszentrum abgestellt hatte, zog er im Gehen die dicke Lederjacke über. Im Freien zeigte der Mai sich zwar von sommerlicher Schönheit, doch in der Eishalle herrschten winterliche Temperaturen. Der Haupteingang der Halle wurde von zwei Polizisten in Uniform bewacht. Reuter wies sich aus und passierte.

»Hauptkommissar Reuter?«, fragte eine junge Frau mit roten Haaren und blitzenden, grünen Augen. Sie wartete im Durchgang zur Eisfläche auf ihren Kollegen.

»Bin ich. Dann sind Sie vermutlich die Kommissarin Lucht«, erwiderte Frank und schüttelte die dargebotene Rechte.

»Stimmt genau. Ich dachte mir, dass Sie vermutlich zuerst sehen möchten, was genau passiert ist.«

Damit war Reuter einverstanden und folgte seiner Kollegin hinaus auf die Eisfläche. An der südlichen Rundung stand die Eismaschine, die zur Präparierung der Oberfläche eingesetzt wurde. Leises Stimmengewirr kam aus Richtung der Mannschaftsboxen. Dort warteten die schockierten Mitspieler von Steve Kobler. Kommissarin Lucht hob das Absperr-

30. Rätsel-Krimi

band für ihren Kieler Kollegen in die Höhe, damit er sich nicht zu sehr bücken musste. Frank blieb an der Front der Eisbearbeitungsmaschine stehen und betrachtete die eingedrückte Plexiglasscheibe oberhalb des völlig demolierten Werbebanners. Dunkle Flecken und sowie tiefe Furchen im Eis zeigten ihm, wo Mensch und Maschine miteinander kollidiert waren. Der Leichnam war bereits auf den Weg ins Rechtsmedizinische Institut, um dort obduziert zu werden.

»Als die Mannschaft vor einer Stunde zum Training in die Halle kam, stand die Eismaschine mit laufendem Motor genau hier. Der Trainer schickte einen seiner Assistenten hinüber, um nachzusehen. Der fand den toten Kobler oder besser gesagt einen Haufen aus Knochen und Trikot«, schilderte Lucht, die sich anstrengte, möglichst abgebrüht zu wirken.

»Das muss ein grausamer Anblick gewesen sein. Wo war der Fahrer der Eismaschine?«, fragte Frank Reuter.

Ihn ließ der Trainer sofort suchen. Einer der Spieler fand ihn auf der Toilette, wo er gerade heimlich eine Zigarette rauchte. Torben Grüner glaubte nicht, was der junge Mann ihm erzählte. Erst als er seine Maschine und den toten Kobler mit eigenen Augen sah, brach er zusammen.

»Grüner hatte das Eis wie üblich vor dem Training der Männermannschaft frisch aufbereitet und anschließend seine Maschine in dem Gang dort drüben abgestellt. So, wie er es immer macht«, sagte Kommissarin Lucht. Beim Sprechen bildeten sich kleine Atemwolken vor ihrem Mund.

»Alle Spieler und Trainer waren vorher zusammen?«, wollte Reuter wissen.

Die Eishalle war zwar während der Trainingseinheiten leicht zugänglich, aber das galt eindeutig nicht für die Eisaufbereitungsmaschine. Laut Aussage der Spieler und der Trainer stand sie bei ihrem Eintreffen an der gewohnten Stelle. Demnach musste jemand in einem sehr knappen Zeitfenster in die Halle gekommen, die Maschine fachgerecht aufs Eis gesteuert und dort Steve Kobler ermordet haben. Es war allgemein bekannt, dass der neue Hoffnungsträger der Beach Boys vor dem Training immer einige spezielle Torschussübungen absolvierte – allein. Und somit ein leichtes Opfer für seinen Mörder war.

»Ja, mehr oder weniger. So genau will sich keiner festlegen. Mal musste einer zur Toilette, dann hatte einer der Mitspieler etwas im Wagen vergessen. Es gibt also Möglichkeiten, wonach einer von ihnen der Mörder sein könnte«, erwiderte die Kommissarin und wirkte leicht befangen dabei. Offenbar fühlte sie sich dem erfahrenen Kollegen vom LKA unterlegen und suchte nach Fehlern in ihrer bisherigen Vorgehensweise.

»Klar. So in etwa hätte ich es auch erwartet. Wie ist nun Ihr eigener Eindruck?« Frank Reuter überraschte Lucht mit seiner Frage. Sie zögerte kurz und schaute dabei hinüber zu den sich leise unterhaltenden Spielern in der Box. Der Trainer mit seinen beiden Assistenten hielt sich ein wenig abseits. »Einige seiner Mitspieler neideten Kobler den Rummel um seine Person. Der Trainer lobte zwar sein spielerisches Können, äußerte aber Zweifeln an Koblers persönlicher Reife«, antwortete sie ausweichend.

Der Hauptkommissar schwieg und wartete ab. Seine Kollegin schaute auf die Bande, an der die Maschine den jungen Spieler förmlich zerquetscht hatte.

»Ich denke, dass sein Mörder sich jetzt in der Halle aufhält. Er muss die Maschine in Gang gesetzt haben und kurz vor dem Zusammenprall mit Kobler ist er vermutlich hintergesprungen, um schleunigst vom Eis zu kommen«, gab Bettina Lucht endlich die gewünschte Antwort.

»Klingt plausibel. Besonders angesichts der wenigen Zeit, die zwischen dem Anschlag und dem Einlaufen der Mannschaft blieb. Haben Sie Grüner gefragt, ob der Schlüssel der Eisaufbereitungsmaschine steckte?«, wollte Frank Reuter wis-

30. Rätsel-Krimi

sen, der jedes noch so winzige Detail vor den Vernehmungen erfahren wollte.

»Habe ich. Er hatte ihn bei sich, als der Spieler ihn in die Halle holte«, erwiderte Kommissarin Lucht und bewies erneut ihre gründliche Vorgehensweise.

Urplötzlich setzte Musik ein und alle starrten verwundert auf die Lautsprecher, aus denen Rockmusik ertönte.

»*Sympathy For The Devil* von den Stones«, stellte Frank Reuter kopfschüttelnd fest.

Musik an sich war in diesem Augenblick unpassend. Doch die Auswahl des Musikstücks ließ eine Ahnung in dem Hauptkommissar aufsteigen. Lautes Rufen ertönte. Der Trainer schickte einen seiner Spieler hinauf in die Sprecherkabine, wo jemand den Klassiker der Rolling Stones gestartet hatte. Der junge Mann sollte die Musik stoppen. Bevor er dazu kam, wechselte das Stück. Die Stones waren mit einem anderen Hit zu hören.

»*You can't always get what you want*. Wer immer die Musik ausgewählt hat, muss ein echter Fan sein und schickt uns damit eine Botschaft«, sagte Reuter.

Seine Kollegin schaute ihn verwundert an. Dann brach das Stück mit einem Misston ab und Stille breitete sich in der Eishalle aus. Frank Reuter beugte sich unter dem Absperrband durch und ging vorsichtig auf die Spieler zu. Seine Schuhsohlen boten keinen wirklichen Halt auf dem Eis, aber er schaffte es ohne Sturz bis zur Box. Die Gespräche verebbten, während die jungen Männer die beiden Ermittler gespannt anstarrten.

»Gibt es eigentlich keine Zuschauer bei eurem Training?«, fragte Reuter.

Mehrere der Spieler schauten zu dem Trainer, der sich hastig näherte. Er funkelte den Hauptkommissar erbost an. »Sie können hier nicht so einfach meine Spieler vernehmen«, protestierte er.

»Hatte ich auch nicht vor. Haben Sie dafür gesorgt, dass die Zuschauer aus der Halle verschwunden sind?«, erwiderte Frank.

»Ja, wieso? War das etwa falsch?«

Der Hauptkommissar bat den Trainer, die Fans der Mannschaft wieder in die Halle zu holen. Da der Leichnam entfernt worden war, gab es keinen Anlass für eine besondere Rücksichtnahme. Eine Minute später schoben sich über 20 junge Männer und Frauen in die Sitzreihen oberhalb der Mannschaftsboxen. Sie teilten sich erkennbar in zwei Gruppen, die sich nicht unbedingt freundschaftlich begegneten. Frank Reuter ließ seinen Blick über die Zuschauer wandern. Zum Schluss blieb sein Blick am Gesicht einer Frau in seinem Alter hängen. Reuter wandte sich erneut an den Trainer. »Sie haben sich negativ über Koblers Charakter geäußert. Erklären Sie mir das bitte näher«, bat er. Ein Gedanke hatte sich in Franks Kopf eingenistet.

Der Trainer beschrieb zuerst das große spielerische Talent von Steve Kobler, bevor er zu seinem ausschweifenden Privatleben überging. Wilde Partys gehörten dazu und auch über Drogen waren Gerüchte laut geworden. Mehrfach hatte Kobler seinen speziellen Status dazu genutzt, um mit den Freundinnen und Ehefrauen seiner Mannschaftskollegen anzubandeln. Moralische Bedenken hatte er anscheinend nicht gekannt. Er nahm sich, was er wollte – ohne Rücksicht auf die Folgen.

»Und Sie als sein Trainer? Haben Sie Steve nicht zur Rede gestellt und mit dem Ausschluss aus der Mannschaft gedroht?«, wollte Frank Reuter erfahren.

Es hatte solche Gespräche gegeben. Kobler sah sich gezwungen, seine Wildheit zu zügeln. Zwischen ihm und dem Trainer verschlechterte sich das Verhältnis immer mehr. Einmal hatte der Puckjäger sich sogar geweigert, den Ersatzschlüssel für die Eismaschine aus dem Büro des Trainers zu holen.

»Bis vor einigen Wochen. Da verhielt er sich auf einmal völlig anders, richtig?«, bohrte der Hauptkommissar weiter und erhielt dafür fassungslose Blicke.

»Stimmt. Woher wissen Sie das?«, fragte der Trainer.

30. Rätsel-Krimi

Steve Kobler reagierte kaum noch aufsässig, stattdessen gab er unverständliche Andeutungen von sich. Immer drehte es sich dabei um gehörnte Ehemänner, die zu Hause wenig zu melden hatten und deswegen im Beruf übermäßig dominant auftraten. Niemand nahm ihn richtig ernst, behauptete der Trainer. Verunsichert schaute er auf den Hauptkommissar. Reuter antwortete nicht sofort. Sein Blick ging hinauf zur Tribüne. Er schaute in trotzige und gleichzeitig verängstigte Gesichter. Nur in einem Paar Augen las er nackte Verzweiflung. Reuter hatte den Mörder gefunden und kannte auch den Grund für die grausame Tat.

»Hatten Sie das Gefühl, dass Kobler sich Ihnen auf einmal überlegen fühlte?«, stellte er seine abschließende Frage.

Nicht nur der Trainer war fassungslos. Auch Kommissarin Lucht starrte ihren Kollegen vom LKA ungläubig an.

»Genauso hat es sich angefühlt. Was bezwecken Sie mit diesen Fragen? Wollen Sie mich festnehmen?«, reagierte der Trainer immer wütender.

Der Hauptkommissar hatte den Mörder von Kobler gefunden.

Wen wird Frank Reuter festnehmen?

Steve Kobler hatte einen Weg gefunden, wie er sich an seinem Trainer rächen konnte. Er verführte die Ehefrau und ließ sie wieder fallen. Die ausgewählten Musikstücke deuten Rache als Motiv an, doch eine jüngere Frau hätte nicht die Stones ausgesucht. Die Ehefrau des Trainers hatte es nicht verkraftet, von Kobler als Spielball benutzt worden zu sein und nahm daher blutige Rache. Das veränderte Verhalten Koblers sowie der Zugang der Ehefrau des Trainers zum Ersatzschlüssel der Eisaufbereitungsmaschine untermauern den Verdacht des Hauptkommissars.